U0025884
安達與島村 9
入間人間
Kadokawa Fantastic Novels

入間人間

安達與島村 9

Kadokawa Fantastic Novels

第一章「YOUNG島抱月」

「啊，是島村學姊。」
放學回家途中，我聽到有人叫我的名字，就好奇地回過頭，發現是騎著腳踏車的學妹。
一停下腳步，冬天的冷風隨即颳過大腿內側，再怎麼不情願也會意識到天氣的寒冷。
「喔，學妹。」
國中時的學妹舉起手，語氣輕鬆地和我打招呼。更確切地說，是籃球社的學妹。
她的名字……呃，是叫什麼？看來我好像真的很不會記別人的名字。
記得應該有個山字。山……川。有沒有川好像很難說。田，或是中……先稱她學妹吧。
「學姊家是往這邊走嗎？」
「嗯。」
只看她的制服一眼，就知道跟我是不同高中。
「學姊上高中也有打籃球嗎？」
「不，完全沒有。我連社團都沒有參加。」
「是喔。我沒有多想什麼就繼續打籃球了。不過也沒有很認真在打就是。」
「這樣啊～」
我會選籃球，是因為明明棒球跟足球沒有女生社團，籃球不知道為什麼有，引起了我的興趣。雖然選排球也可以，但我在參觀社團的時候看到讓球在地上彈也不會被罵，就看上籃球了。一般在室內把球用力往地上丟，都會被唸一頓。

可以做平常不能做的事——這一點成了我選擇籃球的關鍵。

現在想想，這種決定方式還真奇怪。

現在就算有人告訴我做某件事情也不會怎麼樣，我應該也會用「我很想睡，不用了」當藉口逃跑。

是說，學妹長高了啊——我愣愣地仰望她的頭。

「妳長高了呢。」

我直接把感想說出口，學妹便輕輕笑說「沒有啦，哈哈」。

「學姊倒是感覺變得比較圓滑了呢。」

學妹握著腳踏車的握把說道。

「有嗎？」

「因為以前學姊聽到學妹講話不禮貌，就會先踹一腳啊。」

「才沒那回事。」

我沒有那種動粗的勇氣。沒錯，要動手打人，需要相當強大的意志。懦弱的我絕對辦不到。

「可是學姊好像不怎麼把球傳給看不順眼的學妹吧？」

「這……我好像真的有那樣……」

我不禁支支吾吾起來。因為是段滿難為情的往事，我不太希望別人提起。

「學姊給人的印象變了很多，難不成是有對象了嗎？」

「咦？」

「就是這個啊，這個。」

學妹掛著笑容，比起中指。

「妳在挑釁我嗎？」

「啊，我弄錯了。是比哪根指頭？」

這根？還是這根？學妹輪流比起每一根指頭。居然能單獨比起無名指，手還真巧。

我也試著豎起無名指，弄得手指在顫抖。

先不管這個，我察覺到學妹想問的是什麼了。

「喔……妳是說那種對象啊。」

要是我說交到女朋友，學妹會不會訝異得目瞪口呆呢？

「總之，算是變成熟了一點吧。」

「喔喔～」

學妹用很隨便的語氣表示佩服。有佩服嗎？有吧，我想。

在寒風吹襲下變得冰冷的腳讓我渾身發抖，學妹看我覺得很冷，就說：

「那，我先走了～」

「嗯，掰掰。」

我和揮了揮手的學妹道別。真是體貼，記得社團活動的時候也算常常和她說話。

呃……中山學妹（暫稱）。

「結果到底是哪根指頭才對……」

這段細語隨著強風吹襲而來。

我打算等未來有機會碰面，再告訴她。雖然應該不會再見面了。

在這裡的生活圈滿小的，所以偶爾也會像這樣和認識的人巧遇。或許實際上曾碰過更多人，但大概都和我處不來。因為我當初態度不是很好，對我有好感的學弟妹跟同學非常少。

「那時候太年少輕狂了。」

當時的自己雖然著急得一刻都靜不下來，卻也比現在還要積極許多。

我從過去聽到的傳聞想像到，安達就算走在路上，大概也不會像這樣遇到以前認識的人來搭話。安達的世界非常狹小。但那也不完全是缺點。世界狹小，就代表整頓起來很輕鬆，視野裡沒多少阻礙，對……或許有可能是完美無缺的。

若她的世界裡只存在一個不可或缺的事物，那唯一一個——

肯定就是我。還真教人害臊耶——我吸了一下鼻水。

在冬天裡雀躍地踏著小碎步走過鎮上。

「咚～」

我一邊想事情一邊走路的途中，突然有個傢伙故意用肩膀撞我。我踩著有些搖晃的步伐，馬上確認對方是誰。

「這不是島島同輩嗎？」

永藤做作地擺出驚訝模樣。她正把因為剛才那一撞而撞歪的眼鏡移回原本的位置。很難得在住家附近遇到她。

「妳剛才都看到了？」

「我只看到妳故意用肩膀撞上來找碴的瞬間。」

「不，我沒有撞妳好不好。」

這傢伙的眼睛到底都在看什麼？她雖然用手指頂著眼鏡，強調自己有戴，但搞不好度數不對。又或者根本就不是視力的問題。

話說回來，永藤很難得會單獨四處遊蕩。不曉得她是不是感受到我覺得稀奇的視線，開始比手畫腳地向我解釋。她用手在身旁畫出日野的輪廓。是空氣日野。

「日野說家裡有事，就把我丟在一邊了。」

「違規亂丟垃圾不可取啊～」

我隨便說說，永藤也點了點頭表示同意。莫名其妙。

先不管這個，說到家裡有事——日野常常需要處裡家裡的事情。平常因為她的個性，我

不會特別想到她的家庭背景，不過日野家的生活水準實際上高了我們三四個階級。想必有很多跟家庭有關的事情會阻礙她自由行動。雖然永藤看起來好像一點都不放在心上，會毫無顧忌地跑去日野家玩。

「所以我很閒，就到處遊蕩。」

「這樣的思考模式真的很有妳的風格。」

該說是做事不會先深入思考自己的目的嗎？就先不論在住宅區遊蕩好不好玩。

「鈴、鈴～」

永藤按起根本不存在的腳踏車鈴。按不出聲音。她為什麼在模仿我的學妹？連接下來說出的感想都一模一樣。

「妳變得比較圓滑了呢。」

「哪有？」

「唔～」

永藤捏起我的上臂。喂。

「看來也沒那回事耶。」

「好耶。」

「雖然我根本就不知道以前的島兒是什麼樣子。」

我就知道。

「我說小島島啊～」

「我有個單純的疑問，妳知道我叫什麼名字嗎？」

「我說島島兒啊～」

妳是不是覺得我叫「島同學」？

「唔～唔……我沒什麼話要跟妳說呢！」

「好耶～」

盡說一些垃圾話。原來日野每天都要這樣和她聊嗎？

雖然我也不知道怎麼樣才是有意義的對話就是了。

像我跟安達聊天的內容，其實也沒什麼大不了的。

「我下次有想到什麼話題再跟妳說。」

「是喔。」

我不自覺用跟學妹一樣的語氣說話。隨後永藤便踏出步伐離開。

「啊，我忘記了。小島島島～喂～」

離開一段距離以後，永藤用每次都不固定的稱呼叫我。

「怎麼了嗎～？」

「耶～！」

她充滿活力地對我比起中指。我稍微遲疑了一下，也說著「耶～」比起中指回敬她。

永藤心滿意足地點點頭，這才終於連離去的腳步也輕快起來。

「她到底在想什麼……」

該說她是天生少根筋嗎？總覺得好像和少根筋又不太一樣。

如果我們是在國中的時候認識，我肯定會很討厭她。

我以前很討厭那種愛搞怪的人。

我很自豪自己現在變成人畜無害的溫和小島，所以看到她這樣，也只是「呵呵呵」地笑一笑，輕鬆帶過。

先不管這個了，我感覺很……該怎麼說。

「累死了。」

每次遇到別人，就會大量消耗卡路里。而且這次還來了兩個人。

我雖然精神方面是精疲力盡，肉體方面卻是沒有半點損耗。

我的意識就像在忍受襲來的困境，深深地——深深地垂下頭。

彷彿冰冷泥巴的冬天，毫不留情地環繞著有如在積雪底下吐著微弱氣息的我。

雖然講得比較有詩意一點，但其實就是氣溫低到我開始想睡了。就這麼簡單。

我的動作明顯遲鈍不少，感覺自己好像變成了變溫動物。

現在已經是連回到家換下制服的時候都會忍不住說聲「好冷」的時節了。暖氣沒發揮什麼功用。用不著連這種地方都跟房間主人很像。我看到妹妹的書包放在桌上，卻沒看到她的影子。這麼說來，她好像在保養水槽。

就算水冰得要命也一樣毫無怨言，有個怕冷姊姊的我妹真是太了不起了。

「好棒好棒。」

我在當事人不在的地方猛力誇獎她。之後身體打了一陣寒顫。

而電話也像是和我一起發抖一般，傳出了震動。我猜應該是安達——一看手機，也發現自己的猜測正中紅心。

明明在學校道別之前聊了很久……不過，也可能後來才想起來有什麼要事。

「我看看……」

『聖誕節的時候，一起做些什麼吧。』

她提出不具體的期望。聖誕節——我確認起日期，確實意外就在不久之後。

『是可以。』

我一邊回覆她，一邊思考這也是第二次跟安達一起度過聖誕節。那抹藍色浮現我的腦海。

『妳這次要用什麼樣的打扮來見我？』

因為最近都沒看到安達穿旗袍，有點想要再看一次。

『妳想要我穿什麼樣的衣服？』

以安達的情況來說，感覺我要她穿什麼，她大多會答應。

「…………………………………………」

……剛才好像不小心想像了很誇張的打扮。就算只是抱著開玩笑的心情提議，安達也很可能當真，所以我決定自重。

『普通的打扮就好了吧。』

我簡單打完這段話，暫時放下手機。

「好了。」

在暖氣暖好房間之前有點冷的狀態下鑽進棉被裡取暖，會發生什麼事可說是無庸置疑。就算知道後果，還是會被吸引進去。

「呼～」

在全身都暖起來以前，意識就搶先飄往了遠方。

體感上只覺得過了短短一瞬間。

我醒過來後，在看時鐘之前先注意到了壓在我肚子上的東西。有個傢伙把別人的肚子當成枕頭睡覺。而且還是趴睡。

這隻獅子不會覺得趴著很難睡嗎？

「呼～呼～」

可以聽到很簡單明瞭的鼾聲……她其實醒著？

「那邊的怪生物。」

「是說我嗎？」

一出聲叫她，社妹就立刻抬起頭。原來她多少有點自覺啊——我差點覺得有點感動。

「我們家裡就妳最奇怪了。」

我是已經乾脆認定她是我家的一員了啦。畢竟她一直待在我家。之前母親還連給這傢伙的點心都買回來了。應該說，母親好像很中意這傢伙。大概是把她當成會講話、會笑，還會四處遊蕩的狗還是什麼了。只是她還會發光跟食量很大而已。

『我問她家住哪裡，她說住在外太空，所以就沒送她回家了。那有點遠啊。』

『咦？不是那個問題吧？』

『除了這個以外，還有什麼問題嗎～？』

『問題多得很啦～』

『反正，只要看一下她的長相，就知道是不是壞人了啊。』

『人不可貌……雖然有時候是可以貌相啦。』

『啊，妳的長相看起來就像會做壞事！』

『可是我常被說長得像媽媽耶。』

母親的反應是這樣。父親也是在碰巧遇到社妹的時候打聲招呼，之後只說了句「總覺得她好像一直在我們家耶」，就不深究了。總之，我們家基本上每個人都不會管太多。

「狗可靠的應該就只有我了吧。」

「哈哈哈哈。」

妳在笑什麼？

「所以，妳為什麼把別人當枕頭睡？」

雖然不是什麼稀奇的事情就是了。有時候隨便瞄一下，也會看到她睡在樓梯底下，就好像一隻貓。

有時候像狗，有時候像貓，又穿著獅子造型的睡衣，她還真忙。

「因為看起來好像很溫暖。」

「溫暖……喂。」

妳說別人的肚子很溫暖是什麼意思？我捏起社妹的臉頰。社妹就算被捏臉頰，依然很從容地發出「呼呵呵」的笑聲。她的肌膚一如往常冰涼。

明明剛才把臉壓在我身上，卻一點都不暖。真奇怪。

不對，這應該只是因為我的肚子不暖吧……應該。

「我本來想跟小同學玩，但好像要晚點才會換來照顧我。」

被捏長臉頰的社妹解釋起為什麼來找我。用「照顧」這個詞沒問題嗎？應該沒問題。

是說，雖然現在才提真的有點太晚了，但「小同學」這個稱呼是怎樣？跟我妹的名字一點關聯性都沒有。

我放開社妹的臉頰，她的臉就立刻恢復原狀。一拿下獅子兜帽，水藍色的頭髮便顯露在外。仔細想想，能在這麼近的距離看著發亮的物體，或許其實是非常難得的體驗。

「那就麻煩再一次……」

「不，棉被裡面比較溫暖啦。」

我制止想再度睡在別人肚子上的社妹。

「喔喔，這樣啊。」

社妹翻滾進我的棉被裡。她滾啊滾的，滾來睡在我旁邊。

「真溫暖。」

「是我先暖好被子的，記得感謝我。」

我瞄了一眼，發現暖氣沒有打開。稍做思考之後，才察覺自己忘記按下開關。

愈來愈不想離開被窩了。

我愣愣地看著社妹，因為她整個人輕飄飄的，所以連我的視野都跟著變得輕飄飄。

安達看到這種狀況會生氣嗎？我在舒適的暖意懷抱下如此心想。

可是我不想爬出被窩。還有社妹的臉頰壓得扁扁的。看她這副模樣，就好懶得再多想什麼。她給人的是跟永藤不一樣的放鬆感。

「雖然不道謝也是沒差啦～」

「哇呀呀。」

我粗魯地摸起社妹的頭髮。每當手指滑過髮間，像是光粉的物體也隨之飛散。這說不定其實是某種菌或孢子。只要吸進這種光粉，就會對社妹產生好感，下意識接納她的存在——我臨時隨便想了這樣的設定。事實大概不是如此。

「好期待吃晚餐啊～」

「妳真的很愛吃耶。」

「島村小姐則是很愛睡覺呢。」

「是啊。」

我們兩個的嗜好都很忠於本能。

「人要趁年輕的時候多玩一點才行喔。」

社妹雖然語氣一本正經，表情卻依然悠哉。

「電視上是這樣說的。」

「我就知道妳是聽來的。」

有時候會看到她跟母親一起躺在電視機前面。

「島村小姐已經不年輕了嗎？」

「唔～應該至少是沒有妳年輕吧。」

「哼哼哼，妳真沒眼光。」

「我倒覺得自己很有眼光。」

總覺得不比對方年輕好像也不是什麼好事。

雖然年輕不代表一切。

何謂年輕？

「島村小姐年輕的時候是什麼樣的地球人？」

「我年輕的時候啊……」

我認為現在自己也還算年輕就是了。她說的「地球人」就先當沒聽到。

裹著棉被，記憶的輪廓就會模糊起來，讓過去跟現在容易混淆在一起。

明明回憶沒有這麼溫柔與溫暖。

「國中的時候……」

曾經那樣，還有這樣。

應該至少比現在還要常跑步。原來如此——我默默想通了一些事情。

升上國中，看大家穿著制服聚集在體育館時，突然有種很厭煩的感覺。我迎頭撞上彷彿碰到厚實牆壁一樣的空氣阻力。我沒能察覺那種感覺究竟是什麼，就這麼順其自然地成為人

群的一部分。接著就開始了漫長無趣的開學典禮，以及老師漫長無趣的演講。

明明已經是四月了，體育館裡的空氣卻還是相當寒冷。而我被迫站在很難接受日照恩惠，很半吊子的位置。腳下正好就是畫出籃球場的膠帶，我沒來由地踩了下去。不曉得為什麼一踩上那條線，就更是有種像是反作用力的排斥感。

我抬頭看向台上的老師，不久之後——

我打算逃離這裡。

我假裝要上廁所，離開人群的行列。我不知道自己為什麼要這麼做，唯獨感到不耐的意識撥開其他障礙，引領著身體前進。明明非常排斥，卻無法制止自己。

我獨自走到體育館外頭。

沒錯，只有我一個人。

小學時總是和我一起玩的樽見不在我身邊。我甚至隱約覺得未來不會再見到她了。不論我們感情再好都是過去式……既然現在這份交情無法延續下去，那我們今後就毫無瓜葛。

友情不是能夠無條件持續下去的東西。

要有理由跟動機，友情才會成立。

對一個人表達善意，或許也只是建立友情的手段之一。

自從離開體育館，我每往前走一步，內心的不安也跟著加深。

「真糟糕。」

我怎麼升上國中第一天就在做壞事？一股有如快剝落的痂被風吹盪的失衡感纏繞著我。

我打消逃跑的念頭，回頭望向體育館。

現在回去，肯定就能消除心裡這股不安。可是——我凝視眼前景象。

學生們乖乖在體育館內排好隊伍的背影，讓我感到厭惡。

簡直像大家連身高都變得一樣，被命令整齊排好隊——我實在很受不了那種壓迫的感覺。

而且很冷。體育館裡面很冷。我很怕冷。

總覺得自己待在裡面會就那麼被冷得動彈不得。

我呆站在原地，愣愣地仰望起天空。

溫暖的陽光從已經徹底凋零的櫻花樹間灑落下來。

直到那道陽光碰觸我的肩膀，我才終於有獲得安寧的錯覺。

否定自身的「村」，開始試圖掙脫。

當時的我，可以說是「島抱月」。

「咦～是學姊耶。」

把社團制服換回學校制服的學妹探頭看向體育館裡面。我沒有回應她，只是擦了擦汗，

接著她就脫下鞋子，往裡面走來。半開的門外看得見其他運動社團也正在收拾。操場的土壤

微微發紅，顯示出現在的時刻。

記得她是叫池……畑？池畑——不對，好像不是。是水或川……先稱她學妹吧。

她是我升上國二後才剛認識的學妹。會不太記得叫什麼名字也是難免。

「學姊在做什麼？」

「妳看不出來？」

「在祕密特訓。」

實際上沒有那麼了不起。我喉嚨很乾，懶得糾正她，同時把球丟出去。

我跑去撿起打到籃框前端彈開的球。

「學姊每天都會私下特訓嗎？」

「看心情。」

學妹不只沒有離開，還到球場邊坐了下來。看我練習到底有什麼好玩的？

「妳不回家？」

就算把「礙事」轉換成溫和的講法，她也只是回了句「我看一下就回家」。

「要看是可以啦……」

反正我要做的事情還是一樣。我把球扔出去，再撿回來，不斷在球場內來回奔走。

「這樣看起來好像自己丟飛盤去撿的狗喔。」

「那樣很厲害，很好啊。」

我隨便應付她的感想，籃框在球的敲擊下晃動。明明平常還能再多進幾球，不曉得是不是因為今天有人在看？我把投不進球的責任推卸給別人。球再次被籃框彈開的同時，學妹對我說：

「學姊社團活動明明就沒有很認真，為什麼還要留下來練習？」

我彎下腰撿起彈跳的球，汗水也隨著我的動作流進眼裡。

「反正就算認真面對社團活動，我們學校也贏不了多少比賽。」

經過長達一年的社團活動，總會體會到自己跟社團的極限在哪裡。

「是喔。可是學姊還是會練習投籃呢。」

「我已經厭倦把球往地板拍了。」

一旦習慣，就不覺得有趣了。所以我換嘗試努力練習投球。

而到目前為止，不管球彈飛了幾次都還不會膩。

順著拋物線飛出去的球，在籃框前被彈開。

「看來籃框很討厭學姊呢～」

學妹似乎很享受於欣賞我的失誤。

「是啊，它很討厭我。還有很多人也討厭我。」

「我還沒說得那麼明白耶。」

原來妳只是沒說出口，但心裡知道啊——這次換我輕笑出聲。

「大家討厭我，所以我大概也參加不了比賽。」

「畢竟學姊都不傳球給別人，不可能被選上場吧～」

哈哈哈哈——學妹毫不客氣地大笑。她不留情的說法，讓我只能回答一句「是啊」。

「學姊為什麼不傳球給別人？」

「因為自己拿著球比較好玩。」

「唔哇，超級自私的。」

因為自私，相對的，也會理所當然受到大家厭惡。我已經接受了這樣的結果。

「我開始感覺到自己不適合做這種事了。」

「什麼？」

「團體競賽。」

我好像很不擅長對他人付出，也不擅長接受別人的好意。

在這種事情上顧慮得太過頭，還會讓別人覺得煩，又更麻煩了……我最近在想著這種事情。或許社團活動也是退出會比較好。退出社團，只單純像這樣練習投籃比較好——丟出去的籃球僅僅是重重震盪了籃框。

「好厲害喔～從剛才開始就一直很準地打到籃框前面。」

學姊是故意的嗎？她這樣問我，於是我回答「不是故意的」，撿起籃球。

「會是我力氣不夠大嗎？」

「等跳得更高一點再投，應該就剛剛好可以投進去了吧。」

用說的倒是簡單。要是我有辦法跳那麼高，是不是也能拋棄掉纏繞在現在的我身上的那些沉重事物？

我心想下一球沒投進的話，今天就到此為止，而丟出去的球也不出預料地落空。

收工了——我調整呼吸，擦掉鼻子上的汗水，毫不猶豫結束今天的練習。

接著，我看了坐著的學妹一眼。

「……那個啊。」

「嗯。」

「妳裙子底下都被看光光了喔。」

「哎呀。」

坐姿滿是破綻的學妹連忙整理裙子。

「學姊，妳怎麼不馬上告訴我？妳是色狼嗎？」

「妳白痴啊？」

「學姊說得出是什麼顏色嗎？」

「我哪知道……」

我隨便敷衍她，開始收拾。我一邊收拾，一邊偷瞄學妹，期待她會來幫忙，但她完全沒有來幫我。我「嘖」了一聲，心想這個絲毫不打算尊敬學姊的學妹還真有眼光。不過她似乎想等到我收拾完，再跟我一起離開學校。

「其實我不討厭學姊就是了～」

「是嗎？謝了。」

我們在回家路上說著像客套話一樣的對話，走了一段路後，我轉頭看向學妹。

「怎麼會不討厭？」

「咦？喔，也沒什麼，只是跟學姊說話也不會不愉快。」

聽起來像是「但對學姊也沒什麼興趣」。

「我頂多覺得學姊很冷淡而已。」

「那樣不就是覺得不愉快了嗎？」

讓人感覺不到想和別人開心聊天的人，相處起來不會愉快吧。

學妹嘴上說著「唔～」，面向其他方向思考著。

「該說是不期待跟學姊有深交嗎？總之冷淡一點不是比較輕鬆嗎？一個人不怎麼理人，覺得其他人都無所謂，不就表示我跟對方講話也不需要顧慮太多嗎？這種人的存在其實很寶貴呢。」

「寶貴啊……」

考慮到狹窄的教室裡最注重的就是人際關係，也不是不能理解她這種想法。

只要被一個人的朋友討厭，這份討厭甚至有可能傳染給所有人，這就是坐在教室裡的我們擁有的人際關係。

而我沒有跟任何人有深入交流。

就算被我討厭，也只會是一個人的事情。

我是孤獨的。

「不覺得可以不動腦說話的對象很理想嗎？」

「……………………」

想想自己幾乎不記得先前跟學妹聊了什麼，確實是挺輕鬆的。

雖然聊起來很輕鬆這種理想狀態感覺像是建立起了關係，總覺得心裡有點疙瘩。

「那再見了。」

「嗯，明天見。」

跟其他人比起來，學妹家似乎和我家比較近，一直到住宅區旁邊都是走同一條路。總算等到能跟學妹分開的時候的我，開口說出不經大腦的道別，轉身背對她。離開她一段距離後，我在映入眼角的光芒影響下，忽然心血來潮。

「那個啊。」

「有～怎麼了嗎？」

我指向夕陽，要回過頭的學妹看向那裡。學妹順著我指的方向，愣愣地仰望天空。

「好漂亮啊～」

我不是想說夕陽很漂亮。重點在逐漸沉沒的那道光——的……顏色。

「顏色。」

我強調想講的重點，再次指向夕陽。

「顏色？」

仍然不懂我想表達什麼的學妹再次面向夕陽，接著「啊」了一聲，臉頰染上一片紅暈。

她低頭向下凝視，檢查自己的裙子。隨後朝著我大喊：

「真是熱情的性騷擾啊！」

學妹激動說道。

「呃，是妳問我的耶……」

學妹一直到最後都還是掛著開朗笑容，跑步離去。我不懂她為什麼這麼開心，不過——

「算了，無所謂啦……」

等到國中畢業以後，我們肯定沒什麼機會再見到面。

這樣的學妹對我來說是完全不會放在心上的人。

所以，她同時也是我能輕鬆相處的一個人。

之後，我和這個學妹保持交流，並維持著適當的距離感。

適當到連名字也記不是很清楚。

直到畢業都沒發生什麼特別的事情，也沒有斷絕往來。

仔細想想，說不定就是在她的態度影響之下，才產生了高中時期的我。

「……從前曾經發生過這些事。」

「這樣啊～」

講完以前的一些小故事後，我稍作休息。意外還記得不少。

但也是理所當然，畢竟我兩年前還是國中生。

認識安達以後的這一年發生了滿多事情，會有一些往事是發生在更久以前的錯覺。

而且安達留下的印象太過深刻，蓋過了我腦海裡的其他記憶，不曉得該算是好事，還是壞事。

我的腦袋或許有一天會只剩下跟安達之間的滿滿回憶。

「呼唔唔。」

「妳有在聽我說嗎？」

「我從頭到尾都有在聽喔。」

閉著眼睛的傢伙大言不慚地說道。

「我跟妳不是在我國中的時候認識或許是好事。」

那時候的我，應該完全沒辦法接受這種態度隨便的生物吧。

正因為是現在的我，才有辦法和平地跟她睡在一起。

這種情況應該可以用「緣分」、「意外之緣」之類的來形容，但唯獨這傢伙——

「是『命運～』啊。」

「是啊。」

她很輕易就接受了。之後，我閉著眼睛，意識也漸漸輕柔地淡化。

就好像助跑往前衝的時候沒有風阻，順利進入熟睡的感覺。

喜歡睡覺的我，一定會比其他人體驗到更多次那樣的瞬間。

這是非常幸福的一件事。

妹妹打開門的聲音，在我耳裡聽來有些遙遠。

「安達與島村」

我聽見最近常耳聞的姓氏，便在入口旁邊回頭觀望。

一名走往泳池方向的中年黑髮女子與人擦肩而過，對方喚她「安達太太」。我一開始也想反正這世上本來就有無數個姓安達的人，不過，我回頭再看了一次她的長相。我發現跟她長得很像。於是，我決定偷偷接近她。

我凝視她穿著泳衣的背影，一步步往泳池走去。安達太太一直沒有注意到我靠近。我開始覺得很有趣，就這麼跟在她後面一起走。打開通往充滿氯味的泳池的門時，她依然沒有發現我，似乎是一直到淋浴區前面，才終於察覺到有人跟蹤。

她回過頭，毫不客氣地對我露出狐疑神情。

我不再彎著腰偷偷摸摸走路，伸直背脊。接著，我直接在她面前仔細盯著她看。

「嗯～」

看到我的視線，她臉上的皺紋擠得更明顯了。

「……有事嗎？還有，妳是誰？」

「妳是安達太太嗎？」

「是沒錯。」

「妳長得很像有個讀高二的女兒呢。」

反正觀察了這麼久下來，感覺應該就是我想的那樣了，於是我刻意講得很具體。而且給人的感覺也有點像。瞪著我的那雙眼，眼角的皺紋稍微變淺了一點。

「妳……就年齡來看，應該不是我女兒的朋友吧？」

「但我認識她喔。」

大概吧。

「是喔。那，妳大概也有女兒或兒子吧。」

「我有兩個女兒。」

一個很囂張的，跟另一個有點囂張的。

再過幾年，有點囂張的那個也會變得超級囂張嗎？

抱月讀國中的時候也很叛逆。

「嗯～？」

這次換對方很失禮地打量我。臉靠得太近太近了。是有近視嗎？

眼前長得像安達妹妹的人眼神變得凶狠。

安達妹妹給我的感覺很成熟穩重，所以表情變化一大，就讓母女倆變得不是那麼相像。

雖然變得不像也無所謂啦。

「有事咩？」

「妳長得跟我之前在這裡看過的人很像。」

「啊，那八成是我女兒。」

我曾經帶她來過健身房，大概是那時候看到的吧。

我想起當時抱月還是一頭金髮。那傢伙染金髮真的很不搭耶。

「是喔……果然。」

安達妹妹的媽媽把臉縮回去，抓了抓頭。她說「果然」是什麼意思？

她似乎從視線察覺到我的疑惑，嘆著氣解釋：

「我只是在想原來櫻還是有交到朋友。」

櫻是誰啊？我在差點問出口的時候，了解到那是安達妹妹的名字。這麼說來，好像有聽過……有嗎？還是沒有？我很不會記別人的名字。反正就算記不住，也不曾有什麼大問題。

「那……妳找我有什麼事嗎？」

「我只是看妳跟安達妹妹很像，才跟著妳過來。」

我明明講完了自己跟蹤她的動機，安達妹妹的媽媽卻沉默了一陣子，像是在等我說完。

我揮了揮手，把掌心朝向她，示意我已經講完了。安達妹妹的媽媽皺起眉頭。

「咦，動機不可以這麼單純嗎？」

「不可以。妳感覺好麻煩。」

「妳這話太過分啦。」

雖然我常常被這麼說。真要說的話，女兒們都會嫌跟我相處很麻煩，連老公也是。把我問是哪裡麻煩的時候得到的答案大概統整一下，就是「感覺親近過頭了很煩人」。太過分了。

「那，妳要待到什麼時候？」

「嗯？」

「我要淋浴了。」

安達妹妹的媽媽握著蓮蓬頭，揮揮手做出驅趕的動作。

「反正花不了多少時間，乾脆一起淋浴吧？」

「咦？難道妳比我想像的還要蠢嗎？」

被趕出來了。明明只是要淋點熱水的話，動作快一點一下就好了。

我只好用隔壁的蓮蓬頭。我把水量開得很大，開始淋浴。

「…………」

我靈機一動，把蓮蓬頭拿到隔板上面，往隔壁沖水。

水嘩啦啦的響。

因為沒有反應，我又繼續沖了一陣子。

「我殺了妳喔。」

「好恐怖！」

我收到比預料中更有殺氣的謀殺宣言。要是她動手殺人就不好了，我把水量關小一點。

一離開淋浴間，淋得比我還要嬌豔欲滴的女子也走了出來，惡狠狠地瞪著我。

她濕答答的頭髮垂下來貼在臉上，感覺好像會詛咒人。

「妳到底是怎樣？」

「三個人裡面就會有一個人對我說『妳這傢伙的個性很胡鬧耶』。」

「那妳就應該要胡鬧得讓人笑得出來啊……」

安達妹妹的媽媽就如她所說，臉上沒有半點笑容。這部分跟她女兒一樣。

「櫻很常去妳們家吧。」

「嗯？是啊，滿常看到她的。」

抱月升上高中以後，也就只有安達妹妹會來我們家玩。

以前樽見妹妹也常來玩，但不知不覺間就沒再看過她了。

跟朋友一起玩很開心，交情卻沒辦法長長久久，既是件不可思議的事情，也是社會的常態，其實有點有趣。

「喔。」

安達妹妹的媽媽像是吞下本來想講的話，只有簡短回答。

「咦～？妳再問一點其他的事情嘛。」

我對她的上臂又拍又捏，結果得到「煩死人了」這個毫不客氣的評語。

「我……不懂那孩子。不懂她在想什麼，也不懂她的感受。」

「……？不懂的話，直接問她本人不就好了嗎？」

像我就算別人沒有問，也會把自己的想法講出來喔。大概就是這部分讓人覺得煩。

雖然知道別人會覺得煩，不過我個性就是不會管那麼多，直接講出口。

安達妹妹的媽媽不曉得在訝異什麼，睜大了雙眼。

「怎麼了？」

「……沒有，沒什麼。」

安達妹妹的媽媽把頭撇向一邊，轉過身去。

「我要去三溫暖那邊。」

「掰掰～」

我討厭死那種熱得要命的鬼地方了。

我輕輕揮了揮手以後，她直言「這個人到底是怎樣」，臉上卻也浮現了小小的笑容。

接著——

「我叫赤華。」

「我叫島村良香～」

我們把自己的名字告訴彼此，當作餞別。但我沒有自信在下一次見面的時候還記得她的名字。

算了，就叫她安達妹妹的媽媽就好了。

「意外會有些奇妙的緣分呢。」

我習慣來健身房已經很多年了，仍然有很多不知道的事情。

我打算回去之後，把這件事說給我們家的抱月聽。

第二章「晶」

「妳並不是那麼重要。」

是喔——我第一次聽到這句話時這麼心想。那是我讀國中一年級的時候。

「我的意思是，論要讓日野家傳承下去這方面。」

「嗯～好，我懂我懂。」

當時已經是能了解我們家的家世跟慣習，也是能理解自身存在的年齡了。

「畢竟我們家有那麼多個哥哥。」

我有四個哥哥。光是數有幾個人，就快用光一隻手的手指頭。

「嗯。」

坐在對面的老爸簡短表示同意。老爸基本上不怎麼說話。不過他表情變化很豐富，跟他寡言的個性很不搭。而端坐著的老爸也不打算多說什麼。

因為不是我主動找他談事情，所以連我也一起沉默下來。

我是在準備去洗澡的時候被老爸叫住的，就各種方面來說，心情上都不是很舒坦。

「嗯。」

老爸再次表達肯定，離開了房間。就只有要跟我說這個喔——我心裡如此碎唸，目送他離去。

「真搞不懂我家老爸在想什麼。」

他會表現出自己心裡在想很多事情，卻也不掩藏他不打算把內心話說出來的意圖。

老實說，他早早離開也讓我鬆了口氣。

被獨自留在寬敞和室的我，不久之後直接躺了下來。

榻榻米的味道從背後飄上來。我閉上眼睛，有一陣子都在聞這股味道。

等開始可以明顯感受到腹部正隨著自己的呼吸上下移動，我才小聲說：

「就算他跟我說這種話──」

也只會讓我不知該如何是好而已。

「總之，就是我不怎麼待在家裡也沒關係的意思。」

窩在暖爐桌裡的我擅自解讀老爸的話後，待在對面的永藤語氣不滿地「咦～」了一聲。

「可是我很喜歡小晶的家耶。」

「妳喜歡我家的什麼地方啊～？」

「很寬。」

永藤大大展開雙手，表達我家有多寬敞。不過是往上下展開。我家只有一層樓好嗎？

「表達有多寬一般都是往左右吧？」

「唔唔？」

永藤看起來不懂我在說什麼。但反正她總是這個樣子。

平日放學之後，我幾乎不會直接回家，而是先來永藤家一趟。經營肉店的永藤家，讓我待起來很自在。光是把暖爐桌擺在正中央，就會占據大半個房間的狹小空間似乎比較適合我。我家沒有任何狹窄的地方。為什麼會連廁所都大成那樣？

永藤不曉得是不是覺得冷，她放下雙手，手深深伸進暖爐桌裡。雖然她總是一臉放空的模樣，但一開始取暖，呆呆的感覺又多了三成。或許是因為她現在把眼鏡拿掉，才又更容易想起她以前的樣子。

永藤在升上國中以後，就開始戴眼鏡了。我拿起她丟在暖爐桌上的眼鏡，試戴看看。眼前的世界忽然一片模糊。原來永藤的視力變這麼差了嗎？

「妳有做什麼會讓視力變差的事情嗎？」

「呵，我是念書念過頭了。」

「少騙人了。」

不過永藤的考試成績比我好。

「小晶妳戴眼鏡不好看耶。」

「是嗎？」

被說戴起來不好看，於是我拿下了眼鏡。永藤看我沒戴眼鏡，露出心滿意足的笑容。我

把眼鏡放到暖爐桌上還給她，隨後永藤就用手指彈了一下鏡框。「唔喔。」她彈得太大力，眼鏡差點掉下暖爐桌。

這傢伙到底想做什麼？我輕輕笑了出來。

一股跟暖爐桌裡的腳溫度差不多的溫暖，轉移到我的胸口附近。

國中一年級的冬天，我開始習慣自己已經十三歲的事實。最近的我會被叫成小晶，有時候是日野。是升上國中以後才這樣的。不過，這傢伙也是時而被叫作永藤，時而被叫小妙。我們的稱呼會依地點跟對象改變。

變成大人，就是會開始有這種情形嗎？

「看來伯父還在工作呢。」

店裡傳來的聲響很輕易的就引起了我的感動。經營肉店的永藤家有跟我家不一樣的嘈雜感。沾附在整個家中的香氣一旦聞習慣了，就會讓心情變得雀躍。

「妳不去幫忙沒關係嗎？」

「我被認證幫不上忙了。」

「當經營者的真有眼光啊～」

實際上，就算要永藤幫忙，也不知道該叫她幫什麼。她看起來像有辦法做服務業，但根本正好完全相反。

「唔……」

我望著眼睛盯著電視的永藤。她看起來很睏的茫然眼神，從我認識她以來就不曾變過。她會用這樣的表情突然胡說八道，所以常常被周遭人誤會。

雖然也有不是誤會的時候。

永藤的媽媽探頭看往房間裡。

「小晶，妳家人來接妳嘍。」

「咦～」

也太大費周章了——我嘆著氣，抬起頭來。

「我剛好在想差不多該回家了，妳也這麼覺得吧？」

我向永藤徵求同意，結果她打心底訝異地說：「什麼？妳已經想要回家了？」真麻煩。

「我有一半是認真的。」

「那妳快點整個人都變成玩笑。」

對自己說的話不負半點責任的永藤太容易順著當下的狀況發言了。

我在站起來的時候順便看一眼電視上的時鐘，發現根本還不到六點。我再次嘆了口氣。

永藤也動作緩慢地離開暖爐桌。大概從小學六年級的後半段開始，我們兩個就算站在一起，視線的高度也會不一樣。明明我的身高依然像小學生，永藤卻感覺已經是國中生的樣子了。

「怎麼了嗎？」

永藤感覺到我的視線，不禁歪頭疑惑。我說「沒怎樣」假裝沒事，隨後換永藤盯著我看。跟她身高一樣龐大的壓迫感降臨在我身上。我們就這樣四目相交，這時我才注意到她還沒戴上眼鏡。永藤回家就不戴眼鏡了嗎？在教室裡不曾看她拿下眼鏡。

「幹麼啦。」

「我只是在看著日野而已。」

永藤的雙眼直直凝視著我，目不轉睛。

我想她應該真的就只是在看著我而已。讓我有些害羞。

永藤起身送我到外面。從店面旁邊走到外面路上，就看到眼熟的車子停在路邊等我。我先跟店門口的伯父打聲招呼，才朝車子走去。永藤也悠悠哉哉地跟了過來。

「……………」

「好冷好冷。」

「妳別給我跟上車喔。」

覺得永藤可能真的這麼做的我出言制止她，接著她就立刻停下腳步。

「我才在想可以順便去妳家住一晚的說。」

「順便個頭。」

我推著永藤的肩膀，想把她推回去。不過，她沒怎麼移動。明明以前還推得動她，現在竟然這麼囂張。

「喝呀～」

換永藤反過來把我抬高。她輕而易舉地把我抬起來，一如她聽起來傻傻的吆喝聲。

「喂，放開我。」

「嗯～日野妳變瘦了嗎？」

永藤感到疑惑。雖然想想我家都是吃什麼，就會覺得瘦了也不奇怪，但應該不是我變瘦的問題。

「還是妳變小隻了？」

「小心我揍扁妳喔。」

是妳變大隻了啦——我暗自罵了她一頓。

我有種這樣的相處模式今後也會一直持續下去的預感。

「那明天見～」

「喔。」

我坐上後座，在關上車門前和永藤打過招呼。永藤面對著我的方向，直接倒退走。這傢伙明明需要過馬路，還做這麼危險的事。結果她一回到店裡，果然就被伯父罵說走路要注意周遭。

看著他們對話，我忍不住笑了出來。

接著，我對默默等待我的駕駛說：

「呃～我本來就沒有打算不回家啊。」

「天色已經很暗了。」

在我們家待了很久的傭人——江目小姐坐在駕駛座，身上仍穿著圍裙。

她反射著些微燈光的頭髮，看起來像是帶有少許的紅。

「大小姐——」

「別那樣叫我。」

我摀起耳朵。不知道從什麼時候開始，這種稱呼就變得會讓我渾身不自在。

「別叫我大小姐。」

「那該如何稱呼您呢？」

江目小姐一邊開車，一邊詢問。

「隨便怎麼叫都好。」

「那麼，就稱您為晶大人吧。」

「……我看妳是故意的喔？」

我從後照鏡看見江目小姐露出微笑。她雖然有點年紀了，笑容卻顯得很年輕。

「是媽要妳來接我的吧？」

「是的。」

她很乾脆地承認。

「夫人說您要晚回家的話，希望可以先說一聲。」

「妳說晚回家，但現在根本還沒六點耶。」

「畢竟冬天的六點已經算是入夜了。」

車子前面確實只看得見一片漆黑。離開永藤家轉過彎，路燈的數量也瞬間減少許多，視野封閉得像是跳入深海當中。我感覺現在打開車窗伸出手，就能直接觸碰到黑暗本身。

「我已經不是需要人家呵護的小孩子了。」

「您還有一半以上是小孩子。」

在就算把我的年齡乘以二，也完全不及她年齡的人眼裡看來，或許是那樣沒錯。畢竟江目小姐從我小時候就在照顧我，還當我的玩伴，所以我也不好意思向她頂嘴。

我稍微改變話題。

「我明明沒說要去哪裡，虧妳還找得到我。」

「您也沒其他地方好去吧？」

「是沒有啦……」

總覺得好像被她看穿我的心思，令人有點不快。可就算我硬是去別的地方，永藤也不會在那裡。那樣的話，特地違背她的預料也是沒有意義。總之，永藤在我的人生中所占的地位，就是大到我會有這樣的想法。

仔細想想，我們從幼兒園的時候就認識到現在了。為什麼我會跟那傢伙那麼意氣相投？

又是什麼時候變得要好的？就算試圖回想，也只有出去旅行的時候不會見到她，所以回憶的畫面都大同小異。很難區分是什麼時候的記憶。

「到頭來，我還是只能回去那個家啊……」

這或許真的就是小孩子的宿命。沒有自己的家。只有屬於父母的家。

「哎呀，您不想回家嗎？」

遇到紅燈，車子停了下來。如果我說「對啊」，會不會被踢出車外？

要是被踢出去，我就回去永藤家……想必我在未來的某一天，也會被趕出她家吧。

現實不會那麼剛好讓我有其他的棲身之地。

「家裡說不是那麼需要我。」

江目小姐轉頭看向我。雖然車子沒在動，但妳正在開車耶。

「是誰說的？」

「父親大人。」

「哎呀呀。」

江目小姐立刻回頭看往前方。

「我是知道他不是那個意思啦。」

「嗯～這可難說。」

江目小姐語意含糊地笑道。這種時候不是該溫柔同意我說的話嗎？嗯？

不可以故意往青春期的心靈上挖出傷口。

「不過，老爺確實是沒有把話說清楚。」

「沒錯。」

我是不求他全部講明白，但不再多說一點，會變成在考我國文。而且出題的人還不會打分數。我不想要老是在家人之間面對這種考試。

我們無法直接看透彼此的心思。

江目小姐像是要結束剛才的話題，語氣溫和地對我說：

「回家馬上就可以吃晚飯了。」

「啊～對……我本來打算在永藤家吃完晚飯才回去的。」

「您對餐點也不滿意嗎？」

江目小姐明知故問。

「我不喜歡家裡的口味。」

口味太淡了。雖然不是完全沒有味道，可是很清淡，而且精緻量小。不管是哪道菜，咬下去都不會感覺味道擴散到整個嘴巴裡。

「對不起。因為夫人不喜歡口味太重的料理。」

「我知道。」

順帶一提，老哥他們也徹底習慣清淡口味了。老爸不曉得喜不喜歡？他用餐總是默默動著筷子，早早吃完就離開了。從來沒聽過他說好吃或是難吃。

不過，說真的——

「感覺江目小姐好像都只聽媽的要求耶？」

我有時會這麼想。

「沒有這回事。」

江目小姐僅僅是語氣鎮定地表示否定。

我乖乖待在車上，車子在我快睡著時抵達家裡。我走下車，踩上鋪著小石子的地面。

我家比一般人的家還要大。以小孩子的感想來表達，就會是這個樣子。我家就像是在比車站前新開的飯店還要寬闊的土地上，添加了和風庭院的雅趣。

不知道我家庭院擺得下幾個永藤的家？感覺我問出口，永藤就會認真計算起來。

然後還拿著捲尺……不對，那傢伙會拿直尺量吧——我想像那個畫面，稍微笑了出來。

臉頰一動，冬天的空氣也隨之劃過臉龐，讓我冷得渾身發抖。

「歡迎您回來。」

快步走到玄關口的江目小姐鄭重歡迎我返家。

「……我回來了。」

十三歲的我，無法以其他話語回應她。

如果不是有人刻意安排，會這樣的機率有多高？

我在學校跟永藤一起吃營養午餐，莫名這麼心想。我跟永藤已經連續七年同班了。小學的時候是每兩年換一次班，所以算起來是經歷了四次換班。感覺一直同班的機率也不是那麼低。我明年也會繼續跟永藤在同一間教室上課嗎？

「日野啊～」

永藤揮舞著筷子叫我。

「吃飯發呆小心把筷子吃下肚喔。」

「只有妳才會這樣啦。」

永藤氣憤地說「真失禮」。兩秒之後，她就像已經完全忘了這回事，繼續吃午餐。

我們在教室總是叫對方日野跟永藤。制服會有點讓我們覺得自己變成大人了。

「永藤妳啊，以後會繼承家裡的肉店嗎？」

「嗯？」

大口咬著熱狗堡的永藤瞬間停下動作。

「嗯～」

永藤先是停頓了一下，才開始思考。看她眼神往旁邊游移，似乎多少有認真在想。

她是不是認真的，大多只要稍微觀察一下就分辨得出來了。

不久，永藤的視線轉回我身上。

「不知道耶。」

「……呃，妳也用不著認真回答我的問題啦。」

我沒有想要認真問她的意思。只是突然有點想問問看，沒有多想什麼。

「嗯～我咬。」

她大口咬下剛才吃到一半的麵包。我也學永藤拿起麵包。

我用附贈的果醬跟人造奶油塗滿麵包，享受濃厚到有點蠢的重口味。

非常合我的胃口。

吃完營養午餐之後，永藤一邊收拾，一邊問我：

「如果我接下家裡的肉店，妳會每天來光顧嗎？」

「這個嘛……可能會買個可樂餅吧。」

「那開肉店也不錯。」

永藤單純的結論，讓我也忍不住笑了出來。

接著，時間來到放學後。永藤走來我的桌子前面。

「我們回家唄！」

語氣莫名爽朗。順帶一提，永藤這種情緒變化沒有什麼特別的意義。

「喔，我今天不去。」

「嗯、嗯，不去不行呢！」

這麼說著的永藤試圖抬高我的手臂。

「我不是要說不去不行啦。」

日文跟永藤好難。我用力甩動被她抓住的手，要她放開。

「……我今天有要事要辦。」

昨天我回到家以後，媽就再三叮嚀我今天一定要先回家。這種情況並不稀奇，所以永藤也不覺得驚訝。不會因為這樣不開心。有如水面一般，沒有任何變化。

「是家裡有事嗎～」

「對。雖然我是覺得很麻煩啦。」

麻煩到我會不小心嘆氣。說是要事，其實也沒我的事。

非常無聊。

「那，我偶爾也去社團活動露露臉吧。」

「……妳加了什麼社團啊？」

「祕密。」

「喔，是喔。那再見。」

我連忙準備回家。不過，永藤捏住我衣服的背後跟一點點肉，阻止我離開。

「喂，妳要更在意一點才對啊。」

這邊這個也很麻煩耶。

「啊～那……告訴我嘛～永藤小妹妹～」

我不知道該怎麼應付她，在煩惱過後講了很莫名其妙的話。

「嗯～下次再告訴妳。」

「我揍妳喔。」

於是我今天跟永藤玩耍了一下，就直接回家了。

通過竹林的時候，可以看見開始西下的太陽替竹子添加橘紅色彩。綠色變得深沉，景色彷彿森林。

竹林的味道，在冬天聞起來會讓人有些寒冷。

我家前面停著幾輛陌生的車子，還有一輛有點髒的摩托車停在玄關旁邊。會是誰騎摩托車過來？騎這種車子的訪客，照理說應該不太有機會跟我家交流。

我走過車子之間的空隙，前往玄關。

今天是四哥來迎接我回家。

「喔，妳有乖乖早點回來啊。」

我有四個哥哥，但現在只有四哥在家。四哥叫做鄉四郎，跟我差很多歲，不對，在我們兄妹之間這樣的年齡差距還算小，大哥的年紀甚至可以當我爸了。

我出生的時候，大哥就已經離開家裡了，所以我幾乎連他是什麼樣的人都不知道。

而恐怕我們對彼此的了解都是如此淺薄。

我認為我家是很奇怪的家庭。

四哥一如往常，身上穿著和服。

「換好衣服就來別館的草堂一趟。」

「好啦好啦。」

四哥吩咐完以後，就在我還沒脫下鞋子之前快步離開了。他大概很忙吧。四哥的個性跟這個家庭很合。他是個很有規矩，背脊也挺得像是插了一支直尺的人。我跟他感情不算差，卻也不會特別閒聊什麼。

我在他身上找不出「住在同一個家的人」以外的關係。

我回到房間，丟下書包，開口抱怨：

「啊～麻煩死了。」

我把脫下的襪子往牆壁丟去。卸下身上一些物理上的負擔後，房間裡的冷空氣讓我不禁顫抖起來。明明知道自己該做什麼，卻在房間裡轉來轉去。腦袋沒有在正常運作。

有種毛骨悚然的東西纏上我的脖子到肩膀。

那是一種摻雜著焦躁與不快，完全不得安寧的感覺。

於是。

打扮好的我，安分坐在草堂的角落。

穿著、坐姿和待的位置看起來就像女兒節擺設那樣。

全家人一起迎接的……是一群不認識的人。每位都是很傑出的大人，衣著、品德跟教養都超級高尚……應該吧。總之，他們穿的衣服肯定很貴。住在這樣的家裡，自然多少有辦法分辨穿得高不高級。

他們是日野家不可或缺的客人。

連平時沉默寡言的老爸在這時候都會得體的應對。即使無法聊得有說有笑，也會認真聽人說話，迎合他們。而我的義務就是側眼看著他們對談，偶爾被提到的時候「嘿嘿嘿」地陪笑一下，十分簡單。

為什麼明明不被家裡需要的我，非得要一起待在末座不可？

脖子以上不斷顫抖，感覺總有一刻會掉下來。

訪客當中也有一個人看起來很年輕。那個人跟我不一樣，坐在正中間，身上朱紅色的和服似乎有些過長。雖然看起來年幼，但應該比我年長。只見那人眼睛莫名瞇得很細……接著就看見小小顆的頭開始上下擺動。

而且仔細一看，才發現穿的其實是浴衣。

周遭的大家沒有理會那個人，繼續談正事。他們聊的內容我幾乎沒有聽進耳裡。比老師講課還要難聽進去。無法正常傳進耳朵的聲音，比蒼蠅拍打翅膀的聲響還要更接近雜音。

……唉——

我費了一番工夫，才忍住原本想接在內心嘆息之後的話語。
之後，我視野中只有一片虛無，並放空腦袋度過這段時間。
朱紅色衣服的人幾乎一直到最後都在睡。
回到房間，我馬上解開和服的繩帶想換衣服，但又懶得找其他衣服，就躺了下來。
一躺到地上，就感覺到氣溫再次出現變化。低處的空氣很清爽。這稍微紓解了沉積許久，而且很類似疲勞的感覺。站不起來的我，就這麼繼續躺著。
剛才我心裡冒出的想法還真奇怪。
我竟然覺得「好想回家」。
明明已經待在家裡了，還要回去哪裡？
過了一陣子之後。
「看起來真像幅畫呢。」
來探查狀況的江目小姐開口第一句話就這麼說。
「畫？」
「和服脫到一半的感覺很美，好像浮世繪一樣。」
「那還真厲害啊～」
我很敷衍地表達感動。江目小姐沒有離開，而是打開房間角落的櫃子。眼角餘光瞄到她打開櫃子的我，依然攤在地上，直接和她說話。

「記得江目小姐妳──」

江目小姐一邊準備要拿給我換穿的衣服，一邊轉頭望向我。

「是跟媽媽一樣年紀吧？」

「對。」

江目小姐好像是媽的同學，從學校畢業以後就住進這個家，在這裡工作。聽說跟她交情很好的媽很高興在畢業之後還能和她見面。

到了現在，也還是很常在家裡看到她們兩個聊天。她們聊天的時候就像是暫時忘了彼此的僱傭關係，看起來完全就是很要好的朋友。

「妳為什麼會想要在這個家裡工作？」

「因為我覺得她會看在我們是朋友的份上錄用我。」

江目小姐面帶微笑，語氣非常肯定。

「騙妳的。」

連說出的下一句話也很肯定。

「其實是夫人希望我能繼續陪伴她。」

「原來是媽希望妳來……」

「我很高興她願意這麼說。」

江目小姐像是把漂亮的石頭排成一列細心呵護一般，眼裡望著過往回憶，瞇起雙眼。

總覺得偶爾會在哪裡看到這樣的表情。雖然我沒辦法具體說出是在哪裡看到的。

「客人呢？」

「已經離開了。」

喔——明明是自己先問起的，卻下意識回應得很無所謂。

而且才剛見過面，已經連他們的長相都不太記得了。

說真的……對，說真的——

「說真的，我搞不好不適合這個家。」

我對江目小姐坦白自己的感想。

「不適合？」

「嗯。」

我朝天花板舉起手臂。眼睛盯著滑落一半的和服袖子。

「該怎麼說……總覺得肩膀的位置很不對勁。就像不管吐出多少空氣，還是有點飄在空中那種……沒辦法安心的感覺。」

只要我還待在這個家，那種感覺就永遠不會消失。

我把脫到一半的和服拉近身邊，坐起身子。

「我想拜託妳一件事。」

「怎麼了？」

她的語氣比平時還要溫柔。大概是因為這樣比較能安撫我。
「我想要離家出走一天看看。」
我把只是隱約浮現腦海的願望告訴江目小姐。
我為什麼會跟她說？說出口以後，我才開始感到疑惑。
仔細想想，才察覺是因為我跟她之間的距離感。家人之間有家人之間的距離感，朋友之間也有朋友之間的距離感。要不破壞那樣的距離感，會需要採取給予一些言語、禮物，或是無視、裝作沒看見等各種應對方式……總之，面對她的時候不用理會那些……原因就出在她跟我之間有種獨特的距離感，既不是家人，也不是朋友。
大概就是因為這樣，我才能跟江目小姐談這件事。
「離家出走啊……」
「嗯……」
想到有大人在為我幼稚的提議深思，就覺得很難為情。
隨後，江目小姐輕輕拍了自己的大腿。
「那，我們馬上出發吧。」
「咦？」
「您得先徵求家人的同意。」
「咦。」

這一次「咦」不是表達疑問，而是來自心底的驚訝。江目小姐不理會我的訝異，迅速離開房間。

我本來想像的情況是瞞著家人偷偷出發，所以事實跟我預料的相差甚遠。

「一般要離家出走哪會先去徵求同意啊。」

這個家庭可能真的很與眾不同。

之後。

「雖然不太懂是怎麼一回事，但我知道了。」

碰巧撞見的四哥反應很令人意外。他手臂收在袖子裡，雙手抱胸，一本正經地繼續說：

「沒有要事的話，妳想要離家也沒什麼不好。」

「喔……」

「至於哪一天不行……對，下星期四妳得在家。妳就挑那一天以外的時間吧。」

有要事的那一天不准離家出走——四哥不是在開玩笑，而是語氣很認真地說出這種話，害我不小心笑了。四哥似乎不懂我為什麼覺得好笑，一臉疑惑。

「我再說一次，我不太懂是怎麼一回事。」

「四哥應該知道這些就夠了吧？」

「嗯。」

毫不猶豫點頭同意的四哥，果真是屬於這個家的一分子。

「夫人那邊我已經知會過了。」

說要做些事前準備以後就在家裡四處奔走，現在碰巧經過的江目小姐說道。不管我再怎麼努力解釋，媽一定還是會擔心，所以江目小姐代替我跟她解釋或許比較好。要從頭開始講自己有什麼樣的心境變化很麻煩，而且應該會怪難為情的。

「那，就剩下——」

「是啊。」

江目小姐只有笑容以對，看來是不肯代替我去一趟。

感覺她果然很多事情都只著重在媽身上。

好吧——我轉過身，踏出腳步。

「我要離家出走。」

我直接通知最後一個需要告知的人，也就是老爸。

「咦。」

正彎著腰在外廊上剪指甲的老爸，面無表情地表達驚訝。應該有？感覺是有。

真難得。

「這樣啊。」

但他又立刻恢復平常的態度。老爸沒有再多說什麼。

你應該要問清楚一點啊——我只在心裡這麼想。

發生這些事情以後，時間來到傍晚。

我的離家計畫進行得非常迅速，已經準備正式展開了。我把行李放到車上，好幾次忍住心裡「這真的算離家出走？」的疑問，而就在我眺望夕陽開始沒入名為地平線的深淵時。

「喂～～日野～～」

「呃。」

揹著後背包的永藤小跑步跑過來。她看起來不是要來我家玩，而是一副完完全全準備好要出遠門的模樣。當然，我根本沒有告訴她這件事。

「我可沒叫妳來耶。」

「我可沒有被叫來耶。」

我被罵了。為什麼？

「啊，騙妳的。我是被叫來的沒錯。」

永藤馬上恢復平時的平靜表情，訂正自己的說法。的確，如果沒有人叫她來，不知道我要離家出走的她不可能來我家。不對，她其實有可能突然跑來，可是剛好挑在準備出發的時候出現，就巧合得太過頭了。

我察覺到可能是誰找她來，便往當事人的方向看去。依然一如往常穿著圍裙的江目小姐以微笑回應我。

「我只是做了些出遠門必要的準備。」

「妳說的準備——」

「我認為她是您最需要的存在。」

我的心像是被大力推了一把，受到一陣把我彈開的衝擊。一道彷彿摺起紙張的線條瞬間閃過。這是一種反彈。我順從這種反彈，想要說些什麼，但我領悟到說出口不會得到光明，只會有像是踩上黑暗地面的感覺，接著一改先前的想法，覺得或許她說的是事實，決定保持沉默。

我的心境經過這樣複雜的變化。

一旁絕對不知道我內心糾葛的永藤心滿意足地拍起我的頭。

我有點不爽。

可是——

「這樣已經不算是離家出走了。」

「旅行不是比離家出走開心多了嗎？」

江目小姐很乾脆地說出這樣的話。我又想要反駁她，可到頭來又覺得她說的可能是對的，默默坐上車。

十三歲的我藉著家中的助力跨出一大步，試圖前往他方。

好了，要去哪裡呢？

我跟永藤從意想不到的起因，展開了一場旅行。我們上次一起出遊是小學的教育旅行嗎？

那時候是去京都。不過開車要到京都太遠了。

「請問您想去哪裡呢？」

江目小姐開著車，詢問我們的目的地。現在車子是開往哪裡？

前方的景色，依然是熟悉的鎮上風景。

「我想想……」

老實說，我絲毫沒料到才剛說要離家出走，馬上就出發了，所以沒有想好半個想去的地方。再說，這跟我想像的離家出走差太多了——我看向旁邊的永藤。永藤正好要拿下眼鏡。

「妳有想去哪裡嗎？」

「嗯～日野的家。」

「白痴。」

這傢伙真的很喜歡我家耶。我們兩個果然生錯家庭了吧？可是我不太想看到永藤融入我家的作風，挺直著背脊和人對答如流的模樣。因為那不是我認識的永藤。

永藤陌生的部分變多，會讓我有些焦急。

但老是一成不變，空氣也會變得沉悶。

我認為這方面的拿捏有點困難。
「妳真的是喔……海邊跟山上妳想去哪一個？」
我感覺自己沒辦法馬上決定，便丟給永藤決定看看。她回答得不怎麼遲疑。
「海邊。」
「哦。」
「的海產。」
海產是多餘的啦。
「她說想去海邊。」
江目小姐晃動肩膀，說「遵命」。呃，我自己也知道啦。
交給永藤決定我要去哪裡，其實挺奇怪的。
雖然，反正我們也總是往同個方向走。
「妳陪我一起離家出走，不處理家裡的工作沒關係嗎？」
「畢竟還有其他女傭在。而且，夫人說願意負責我留下的工作。」
「是喔……」
「好厲害喔～」
啊？
「妳媽原來做得了家事？」

「做不了。」

呵呵！——我聽見面向前方的江目小姐的笑聲。

她的笑聲聽起來是真的很開心。

「呵耶～嘿嘿。」

「別故意對抗。」

發出奇怪笑聲的永藤立刻一臉若無其事的樣子，看往窗外。外面的景色仍然很眼熟。我們得要離開這裡多遠，才有辦法淡化「日野」呢？

「……是說，去海邊要往哪邊走？」

我問她有沒有想好要怎麼走。從我家到海邊要一直往北，或一直往南走嗎？

「雖然沒有事先詢問，但我打算去某間旅館。希望還沒有收起來。」

「旅館？」

「是我以前住過的一間旅宿。離海很近。」

「是喔。」

我莫名中意旅宿這種講法。

不過——

「……要是已經倒閉了怎麼辦？」

「到時候再想想辦法吧。」

江目小姐自始至終都不慌不亂，臉上也帶著笑容。

雖然明明是離家出走，卻一切都安排得完美無缺也很奇怪就是了。

我決定這麼想，整個人靠上椅背。

光是被一片黑暗籠罩，就覺得好像被睡意抓住了上臂。

從結論來說，旅館確實有在營業。

「這裡變得不一樣了～」

江目小姐很驚訝，看來是因為旅館太老舊而重建過了。

我跟永藤坐在大廳的椅子上，等江目小姐辦好住宿手續。這段期間，永藤一直掛著開心的笑容。

「妳有那麼開心嗎？」

「很棒對吧～」

我們的問答有一點點雞同鴨講，不過平常就是這樣。

我們把行李放到房間之後，決定在夜晚來臨前出去散步，看看大海。

我第一次在冬天來海邊。說到海就想到藍色，同時也總是會順帶聯想到夏天。但現在的這座沙灘沒有當中任何一種印象。只有永藤直率的感想。

「腳好冷。」

穿著裙子的永藤瑟瑟發抖。可能因為太陽快下山了，所以又格外地冷。不過，覺得冷的永藤不曉得是不是從沙子的聲音或觸感中找到什麼樂趣，很高興地到處走來走去。我當然不陪她一起走。江目小姐也望著夜晚的大海。

雖然江目小姐沒有問我，但我還是主動對她吐露心聲。

「我想要仔細思考我們家的作風。可是，待在家裡就沒心情去想這種事情。」

就算逼自己去深思，大概也只會對跟我個性不合的部分感到排斥。所以我想要到能夠盡情呼吸跟平常不一樣空氣的地方看看，希望多少可以緩解我肩膀跟頭感受到的不適——我離家出走的動機就只是如此。但是就結果而言，感覺還是無法達成我的期待。

「有永藤在旁邊，就沒閒工夫想那種事情啊。」

因為那傢伙明明看起來腦袋放得很空，卻一刻都靜不下來。我被她耍得團團轉，也就跟著靜不下來了。雖然極度不適合想事情，不過那傢伙有一起來或許是好事——我在逐漸入夜的大海前面這麼心想。要是我獨自待在這裡，思緒肯定會出現凹洞，導致水滲進我的腦袋，逐漸沒入大海。

「我們早點回旅館，去泡個澡吧。」

「就這麼辦。」

我放空腦袋，視線追著猶如放開牽繩的狗一般在沙灘上四處奔跑的永藤。

「所以。」

「所以以。」

「妳為什麼也進來了？」

旅館的房間附有浴室，內部相當豪華。

雖然比我家浴室還要小。

但這些都不重要，現在浴室裡有兩道移動的身影。

是我跟永藤。

「有什麼關係，反正浴室這麼大。」

這算得上理由嗎？我本來想仔細思考，但在蒸氣的阻撓之下，我放棄了。

明顯只是隨便洗洗身體跟頭的永藤，早早就跳進浴缸享受泡澡的感覺。永藤喜歡泡澡。

她來我家住的時候大多會泡澡泡得太久，泡到頭暈，最後倒在房間角落。

我聽見背後傳來永藤潑灑熱水的聲音，她似乎在踢腳打水。

看來她不管幾歲了，也還留著從小就有的習慣。

「小晶妳啊～」

「啊～？怎樣～？」

「討厭自己的家嗎？」

原來妳沒發現嗎？我差點想這樣說。

「啊～算是啦。」

反正永藤這種個性沒發現也不奇怪——我馬上得出結論。所以，我隨便敷衍這個話題。

「我不是很喜歡。」

「是喔。」

永藤的語氣聽起來是沒有特別感想的時候的回應。畢竟本來就不關她的事。

「哦哦～」

「不是，妳不用特地回應我也沒關係啦。」

感覺要是讓她在泡澡的時候想事情，會直接開始頭暈。這時，耳邊傳來從浴缸走出來的聲響。一回過頭，就看見永藤往我這裡走來。她在我開口之前，就坐到我正後方。壓迫感、熱氣，跟永藤肌膚的味道往前撲到我的背上。

「我來幫妳洗頭吧。」

「為什麼？」

永藤用手指刺著我的頭皮，作為這道疑問的回答。

「痛死了！」

我這聲大叫有一半是為了掩飾事出突然的困惑。剩下一半是真心話。

「哎呀，頭髮跟頭的距離比我想像中的還要近。」
「聽不懂啦……是說，妳幹麼突然這樣？」
「別計較別計較。」
永藤猛力亂抓我的頭。裡面跟外面都亂了。
「妳很不會洗耶！」
「因為洗的是別人的頭，力道很難拿捏。」
經她這麼一說，就覺得可能還滿有道理的。我也不曾幫別人洗頭。那，我應該當作本來就多少會拿捏不好力道嗎？我這麼心想，然後在盯著面前鏡子裡的自己時注意到一件事。
「是說，妳只是單純在亂抓我的頭髮而已吧？至少用一下洗髮精好不好。」
「啊，我忘了。」
永藤把洗髮精往我頭上狂倒。是直接倒下來，像當成水在倒。
洗髮精流過瀏海根部，劃過額頭的觸感讓我瞇起了眼睛。
「妳實在是喔。」
「客人有哪裡會癢嗎？」
「眼睛。」
「會痛就把右手舉起來喔～」
「夠了，我累了。」

這傢伙想到什麼就馬上說出口的壞習慣不能改一改嗎？

之後，永藤也多少放緩了力道，玩起我的頭髮。泡泡讓我的頭變得蓬蓬的。有時候弄出很誇張的巨大泡泡，永藤就會用手指戳破它，玩得很開心。

「所以，這是在幹麼？」

「嗯～沒什麼特別意義。我只是想玩玩看而已。」

「啊～也是。妳就是這種人。」

算了——我決定隨便永藤去玩。既然永藤是在做自己想做的事情，那她應該也是心滿意足吧。而我認為會讓永藤覺得充實的事情，對我來說也大多不是壞事。

「永藤妳真的是很奇怪的傢伙耶。」

因為她能讓我明明是把自己的事情交給自己以外的人決定，卻還贊同她的選擇。

「小晶妳變得會叫我永藤了呢。」

永藤用熱水沖著我的頭，如此說道。

我等到水聲停下，才回答：

「妳還不是一樣，不是跟我獨處就叫我日野。」

「嗯。」

究竟是因為我們之間的距離變遠了，還是我們變得會顧及自己的立場了呢？

本來軟糊糊的感情，稍稍凝固了一點。

或許要等那種感情有了更具體的形狀，才能知道它的真面目跟名字。

對永藤懷抱的這份感情的名字。

「我也是有想很多的喔。」

「真的假的～？」

「那妳要聽我剛才在想什麼嗎？」

「居然是剛才的喔？」

哈哈哈——一道笑聲響遍浴室。我撥起濕濕的瀏海，輕輕搖頭把水甩掉。

擦掉眼睛附近的水，就覺得平時累積的精神疲勞也消失了些許。

……結果。

我怎麼等都等不到她說的「剛剛在想什麼」。

「妳說說看啊？」

我透過鏡子跟永藤四目相交。永藤眨了眨眼，快步走回浴缸。

「喂。」

「我忘記了，所以我先冷靜下來再想一次。」

「不，妳就放棄吧。」

「記得應該跟章魚還是花枝有關係。」

「再想下去就換妳泡成章魚了。」

我感到傻眼，同時坐到她旁邊泡起澡來。

熱水的溫度，就像是把流動在我跟永藤之間的某種東西勾勒出形體。

隔天早上，把我叫醒的是番茄跟永藤。她看著我的臉，影子落在我身上。

「是怎樣？」

我這句話到底是對哪一邊說的？應該兩邊都有份吧。

「這是 morning call。」

「我又沒申請。」

隨便啦。我準備坐起身。但是，永藤害我被擋著起不來。

「喂。」

「怎麼了？」

「會撞到臉。」

永藤跟我之間的距離近到直接起來的話，會撞到彼此的鼻子。而且她不肯移動。我只好自己往旁邊挪動身子準備起身，結果永藤又移動到剛剛好在我頭上的位置。

「嗡～」

煩耶。

「不要拉剛睡醒的人陪妳玩莫名其妙的遊戲。」
「因為日野起來之前我很閒。」
「聽起來很像正當理由，但根本不是。」
我揮手想趕走永藤，她就滾到旁邊去了。這下我才總算能坐起身。我看見窗外有光，看來也不是早得很誇張的時間。
「還有日野啊。」
「啊？」
「雖然妳好像覺得是番茄，但這其實是蘋果。」
永藤得意洋洋地把手上的東西翻面，接著鬥雞眼的蘋果就對我「嗨」了一聲。
「吵死了。」
「窩叫永藤喔～」
「妳應該要變成蘋果啊。」
換好衣服之後，我煩惱起到回家之前這段時間該做什麼。想著想著——
「請問要不要去釣個魚呢？」
從外面回到房間的江目小姐問我要不要釣魚。釣魚啊……我望了大海一眼。
「我沒釣過魚。」
「我倒是有吃過釣上來的魚喔。」

我不理會有些得意的永藤，繼續煩惱，就看見江目小姐露出微笑，於是我沒多想什麼，就用她的微笑當作接受這個提議的理由，決定嘗試釣魚。反正也沒其他事好做。

我是來這裡做什麼的？我到現在才冒出這樣的疑問。

吃完早餐以後，我們在江目小姐的帶領之下，走到防波堤，途中，永藤發現自己忘記戴眼鏡，不過她看了我一眼以後，就說「算了」，決定不回去拿。

今天跟昨天不一樣，雖然雲很多，卻也偶爾看得見晴朗天空。只是到頭來還是很冷。

愈往海邊走，吹來的風果然也愈冰冷。我甚至覺得現在搞不好可以看到冰珠劃出線條，讓風的流動變得肉眼可見。就算很冷，還是可以看到零星釣客，他們不發一語，靜靜在風中凝視著海面。而我的視線也自然飄向釣客旁邊，彷彿鄰居一般的大海。

我看見遠方有小小的漁船隨波搖蕩，在海上前行。

明明從來沒看過這幅景象，我們與船的距離卻讓人有懷念的感覺。

移動到沒有其他人的地方以後，我接過了江目小姐準備好的釣竿。江目小姐細心教導不知道釣竿怎麼拿，也不知道怎麼用的我。

「原來妳喜歡釣魚啊。」

「沒有，我只是直接把以前別人教我的告訴兩位而已。」

江目小姐壓著像在拍打翅膀一樣擅自飄舞的頭髮，對我這麼說。

以前是嗎——說不定她以前來這裡住宿的時候，也有像這樣來釣魚。

永藤跟我一樣在聽怎麼用釣竿，我走到離她有一小段距離的位置，把釣線放入海中。雖然有準備裝水的水桶，但我實在不認為自己釣得到。不過萬一釣到了，我打算帶回去吃。

總覺得特地釣起來又丟回海裡很多此一舉……應該說很奇怪。

「要釣的話，我想要釣到星鰻。」

無謂晃動釣竿的永藤看準想要的獵物。我想，她大概什麼都沒看見。

「星鰻啊……這裡會有嗎？」

我從防波堤的邊緣俯視大海。魚的呼吸，無法從比河川還要深的海裡浮上水面。

「沒有就釣鰻魚吧。」

「……我大概猜到妳想吃什麼了。」

也猜到永藤的願望恐怕無法實現。

十分鐘後。

永藤似乎厭倦靜靜待著了，她把釣竿交給江目小姐看著，到附近閒晃起來。我就知道會這樣。而江目小姐沒有把釣線拋入海中，只是單純待在我旁邊。

「那孩子似乎意外性急呢。」

「可能是吧。」

其實跟性急不太一樣，但我無法精準表達。在我視野角落的永藤撿到了某個東西。那是什麼？壞掉的抽風扇？

不，仔細看才發現是電風扇的葉片……不對，是迴力鏢。或許是誰玩一玩就忘在這裡了。

永藤把臉貼得離撿起來的迴力鏢超級近。看來是因為沒戴眼鏡，看不清楚。原來那傢伙視力惡化得這麼嚴重啊——我這麼心想。要是撿到奇怪的東西，她打算怎麼處理啊？她似乎辨識出自己拿的是什麼東西了，在把迴力鏢上的髒汙擦掉以後，輕快跑往沒有人的地方。我開始觀察她想要做什麼，隨後她直接把迴力鏢丟了出去。

運用手腕力道扔出去的迴力鏢沒有飛得多遠，也沒有轉彎，就這麼掉落地面。

看來她雖然把迴力鏢拿來丟，卻也不知道多少訣竅。

永藤跑去撿起掉下來的迴力鏢。好像追著飛盤的狗。

總之，就先隨她去玩吧。

「您會冷嗎？」

江目小姐開口關心我。問這個問題的當事人的身體跟和服衣袖倒是不斷顫抖，看起來很冷。

「是很冷。可是不知道是不是習慣了，現在比較沒有那麼在意。」

如此甚好——江目小姐用逗趣的語氣說道。很神奇的是，她穿著圍裙站在大海前面的身影，就好像一幅畫。披在肩上的短外褂被風吹得飄揚，感覺好像會化成一則故事的序幕。

江目小姐不是看著釣竿，而是一直盯著船。

「妳之前是一個人來這裡住宿嗎？」

江目小姐沒有結婚。雖然我也不是知道她所有的過往經歷，但至少現在是未婚。

「是跟夫人一起來的。那是她結婚一星期之前的事情，已經是好久以前了。」

江目小姐彷彿在回想漂流於大海上的記憶，遙望水平線的另一端。

是跟媽一起來的啊。我隱約有猜到可能是這樣。

「當時說要旅行的是江目小姐嗎？」

「不，是夫人。」

「真意外……不對，好像也不意外。畢竟她滿喜歡旅行的。」

有比較長的假期時，常常會一家人到國外旅行。而我說的一家人是真的所有人都會參加，連老哥他們的家人都會來，非常多人。很有可能被誤認成旅行團。

人太多吵吵鬧鬧的，老實說很不自在。不過，媽大概就是喜歡那種氣氛吧。

「妳們那時候也有釣魚啊？」

「是啊。因為夫人說她想試試看。」

「有釣到什麼嗎？」

江目小姐緩緩搖頭。

「我們釣不到，天氣又變冷，再加上不能害她在結婚典禮之前感冒，我們就早早離開了。」

「是喔。」

「之後我們回到旅館吃炸魚，當作我們實質上有釣到魚。」

「……這樣算數嗎？」

她們做的事情簡直像是永藤會出的主意。說不定像永藤那樣傻呼呼的人其實很常見。雖然到目前為止，我也只看過永藤會傻到根本隨時都傻傻的。

「看您釣魚的身影，就覺得您愈來愈像夫人了。」

「……會嗎？」

我跟媽的年齡差距應該比一般母女還要大。我認為這份年齡差距，讓我們外表上相似的部分被時間一點一滴地掩蓋起來。所以，我自己很難找出跟媽相像的地方。或許是因為江目小姐有辦法從旁觀察我們母女，才找得出我們的相似之處。

「…………」

話說，她現在把媽叫做「夫人」——明明以前肯定不是這樣叫她，而是用名字稱呼彼此。

江目小姐稱呼「夫人」的語氣，總是不帶任何遲疑。

「江目小姐現在能陪在媽身邊，已經覺得心滿意足了嗎？」

釣竿毫無動靜。我忍不住無謂地晃動釣竿。

原本看著船的江目小姐轉頭看向我，髮絲隨風飄揚的她語氣柔和地表示疑惑。

「那當然……有什麼問題嗎？」

我很猶豫該不該說出口。因為我沒有仔細理解跟統整好自己想說的內容。

被人拋出這麼隨便的問題，回答的那一方應該也很困擾。

不過，沒有講出來的話語，終究還是滿溢而出。冬天的強烈寒風推動了這股衝動。

「就是……我也不知道該怎麼說，但是媽跟老爸結婚了……」

我腦海中的印象真的完全無法連結起來。媽跟江目小姐走在一起是常態，也是心目中占有特別地位的對象，卻又跟老爸結婚組成家庭，到了現在依然陪伴著彼此……這感覺很接近

「假如永藤把別人看得比跟我相處還要重要」……心裡的疙瘩擴展得非常大，無法消除。

我再怎麼努力，都沒辦法把這種心情跟提問收在一個小盒子裡。

「這個嘛——」

江目小姐會知道連提問的人都不太清楚的問題重心嗎？

她手貼著臉頰，可以看到浮現在乾燥手背上的血管。

「我們有討論過，要能一直陪伴對方的話，這樣的做法比較實際。」

我有股釣線被拉得極度緊繃的錯覺。

「畢竟夫人的人生不能離開日野家，而且要留在那個家庭，就無法避免一些必要的家族規矩……這其實就像是一種前提條件。從我們認識的那一刻開始就存在了。」

江目小姐像是在回憶一切的開始，那張滿溢著懷念的側臉顯得很柔和。

想必她擁有的全是美好回憶，才會不論何時回想起來都很充實吧。

因為聊到媽的時候，跟和媽講話的時候，江目小姐都是這樣的表情。

「那是她身為日野家的一分子所做的決定。不過，夫人自己確實也希望能和我相伴。沒有其他事情可以比她有這份心意更讓我高興，所以我很滿足了。」

「……這樣啊。」

不知道為什麼，在我回應她之前浮現腦海的，是永藤的臉。

明明只要往附近看一下就能馬上找到她，卻連我的腦袋裡都有那傢伙的身影。

這傢伙真忙耶——我輕聲一笑。

我的笑容逐漸灰暗起來，染上冬季的氛圍。

「媽當初這樣做決定——」

「嗯？」

「可是我跟媽不一樣，我好像沒必要留在日野家。」

畢竟我有很多哥哥。

「嗯。」

「那，我又算是什麼人？」

好幾個哥哥先來到這個世上，而我是最晚來到這個家的。

我究竟是基於什麼理由，才得被綁死在日野家？

「那不是由自己決定，是依據周遭人的看法，而有所不同。」

江目小姐這次沒有多做思考，立刻回答。

「以我的角度來看，您是在我心中占有重要地位的人的孩子。所以我會想細心照顧您，想溫柔對待您，也想建立起友好的關係……您不滿意這樣的理由嗎？」

「沒有……」

我不曉得該說什麼才好。發出的聲音到中途就這麼被風吞噬。

江目小姐盡可能沉穩地——卻也絕不讓海浪聲掩蓋掉自己的聲音，將自身的話語傳達給我。

「您不需要深入思考自己是什麼人。因為常常會由周遭的人擅自決定。等到您真的受不了別人給您的定位，再主動干預就好。」

「……唔哦～」

正值青春期所生的煩惱，得到了細膩的解決方案。

大人好厲害啊——我差點開口大感佩服。

感覺跟老爸相比的話，會是天差地遠。看來當大人也是有分擅長跟不擅長。

「江目小姐很能言善道呢。」

「跟老爺比起來，任誰都能說得上是能言善道。」

「太中肯了。」

「有釣到什麼嗎～？」

在附近徘徊的永藤回來找我們。是看準我們剛好聊到一個段落，才出聲搭理我們嗎？不可能吧——我立刻否定這個猜測。永藤不是那種人。

然後她手上還是繼續拿著迴力鏢。

永藤往藍色水桶裡面看。當然，水面相當平穩。

「我來看看成果。」

她搖晃起那個水桶。

之後，就毫不害臊地拍我的肩膀。

「反正新手本來就釣不太到嘛。」

她就是這種人。

「小心我把妳的腳塞進水桶裡喔。」

「喔喔，原來還有這一招。」

永藤很佩服我的反擊。不，妳是開玩笑的吧？我才這麼想，她就在水桶旁邊蹲了下來。

她凝視著水桶裡面，試著把右手食指泡進水裡。接著馬上收手，甩動手指。

「水真的太冰了，還是不要吧。」

「妳今天還真聰明啊。」

「魚還真賣命耶，竟然活在這麼冰的水裡面。」

「……而且還很溫柔嘛。」

挖苦她也非常難見到成效的永藤沒有半點反應。她站起來以後，就捏起別人的頭髮、拍別人的背、推別人的肩膀，很輕易就能看出她開始在打發時間。

「礙事。」

「因為日野妳在發呆，感覺很無聊的樣子。」

「……我看妳可能一輩子都不會懂釣魚的樂趣吧。」

我自己也還不懂就是了。

雖然我最後還是沒釣到魚，但感覺釣線似乎勾到了某種不知名的東西。

之後到了該回家的時間，我不經意在離開前回頭一望。

像大海一樣——

就算是同一個地方，也能在不同的時間有不一樣的感受。

我認為自己跟永藤一直以來就是身陷於這樣的感覺當中。

「請問要先去肉店嗎？」

「啊，不用了不用了。」

我們在車上的時候，看永藤很難得這麼客氣，不知道是不是心態多少成熟了一點。

這是在我們返家路上發生的事情。

「妳用不著客氣。」

「？我沒有啊。」

永藤雙眼睜得圓滾滾的，像是聽不懂我在說什麼。

感覺好像有點雞同鴨講……不對，永藤一直都是這樣。這麼認為的我感到混亂。

等車子在我家前面停下，我才知道她說沒有客氣的意思。

「好了，接下來在日野家住一晚吧。」

「不是，妳回家去啦。」

不聽人說話的永藤一下車，就站到我旁邊來。

「咦，妳真的要住下來？」

「續攤啦！」

我不懂她為什麼一副得意洋洋的樣子。在旁邊聽我們對話的江目小姐只是笑了笑，沒有說什麼。

「……呃～也是可以啦。」

反正今天是星期天。要是永藤回家了，我鐵定會煩惱該怎麼消磨時間。

我們三個就這樣一起走進家中，隨後看見來迎接我們的是可能的人選中最具意外性的人，也就是老爸。

「我們回來了。」

聽完江目小姐的報告，老爸臉色變得嚴肅。

「我有事情要跟妳談。妳來一下。」

他沒有特地打招呼，只是用一如往常的平淡語氣這麼說。走遠的腳步聲也很平靜。

「喔……」

這情況好眼熟。

「那，我先去一趟……」

我看向江目小姐，小聲說道。反正，應該不是在氣我離家出走吧。

畢竟也不算離家出走了。

「行李我幫您放到房間……」

「嗯。」

我把包包交給江目小姐。只有肩膀上的重擔消失的我，脫下鞋子。

轉頭面向前方，就感覺到早上剛洗好澡還有點濕的頭髮劃過臉頰。

噠、噠。

「哦、哦。」

噠噠。

「妳不用跟過來啦。」

她在的話根本沒辦法談事情。就很多意義上而言都是。

我推起永藤的肚子，把她推開。接著江目小姐就從後面扣住她的腋下，穩穩限制住她的行動。

「唔喔～我是無辜的～」

雖然永藤無謂地掙扎，但沒有什麼成效，就這麼被帶離現場。

結果我交給江目小姐的行李被留在走廊上。自然又要再多跑一趟了。

「……那傢伙到底是怎樣啊？」

她感覺就像是當吉祥物也沒當得多樂在其中的人。

我沉浸在難以言喻的餘韻之中，同時跟隨老爸的腳步前往裡面的房間。

老爸跟前陣子一樣，坐姿端正地等待我到來。他只移動視線看向我，敦促我坐下。看著他粗獷的臉，就覺得老哥他們全長得像老爸。至於我，我覺得自己長得不太像媽。

不曉得是不是因為媽是純正的日野家之子。

一坐到老爸面前，竟然先聽到他說出像是在關心我的話。

「玩得開心嗎？」

他是不怎麼閒聊的人，所以我有點意外。

「嗯，很好玩。」

雖然我沒怎麼外出，只是跟永藤一起打發時間而已。

到頭來，我最想要的可能還是那樣的時光。

因為我至今的人生已經習慣如此了。

「這樣啊。」

老爸主動問起，卻也不打算拓展話題。也沒說自己的感想是好是壞。

反正我也猜得到他就算有說，也會只說完一句感想就沒下文。

「那……要談的是什麼事？」

雖然我沒要永藤等我，但她大概在等我回去。

「嗯。」

老爸輕輕點頭過後，朝著我瞇起雙眼。

「我被妳媽罵了。」

「……咦？」

「怎麼說……好像是我話沒講清楚。」

老爸難得露出像是在吐苦水般的沮喪模樣，閉上眼睛。

這種時候，他的表情看起來很像四哥。

「所以，我要再講清楚一點。」

「喔……」

「妳是最像我的一個孩子。」

老實說，他這麼講也是不清不楚的……會讓人意會不到他在說什麼，不對，我有很像他嗎？即使是面對面講話，還是會不禁感到疑問。

「會嗎？」

「融入不了這個家庭的作風這一點很像。」

老爸講得直截了當。我愣得衣服都快滑落肩膀了，但老爸依舊接著說下去。

「我不記得有沒有跟妳說過，我原本不是日野家的人。」

「嗯……是叫什麼？婿養子？」

「類似那樣。雖然過程上不太一樣，反正那不重要。」

他懶得解釋這一點，或許真的跟我滿像的。

「我的人生獻給了日野家。我沒有覺得這樣是好或壞，而是認為這就是我的命運。雖然弄得我肩膀僵硬，餐點口味又很淡，要陪笑也很累，不過一想到我是主動選擇這樣的人生，就不會有任何怨言。」

他看起來很平靜，卻只有講到口味的時候語氣有些不悅。

我差點忍不住笑出來。

但現在在談非常正經的話題。

「所以，我希望妳也能選擇妳自己能夠接受的人生。」

「…………」

很單純，感覺隨處可見的平凡教訓。

我想老爸應該也是努力想了很久，才表達出自己的想法。

所以，我認為自己必須真心誠意地聽進他這番話。

「我知道了。」

嗯——感覺老爸的聲音當中有一絲絲的雀躍。

「我要說的就這些了。」

站起身的老爸抓了抓頭。

「記得跟妳媽說我有跟妳講清楚了。」

老爸如此叮嚀過後，就迅速離去。

不是，你自己講就好啦——我自言自語道。

「總覺得……」

突然使不上力來了。我甚至想說：「你真的懂『講清楚』的意思嗎？」

雖然我是有聽懂他想說什麼啦——我對自己的想法稍做補充。

「一下說像老爸，一下說像媽……到底是像誰啦。」

小聲碎唸完，我才察覺是兩邊都像。

理所當然會兩邊都像，因為我是他們的小孩。

因為我是日野家的小孩。

我本來打算直接躺下，在快躺到地面之前又打消了念頭，用腹部的力道坐起身。

我想起有一個傢伙在等我，便快步離開房間。

途中好像有因為走路太大聲被人提醒別在走廊上跑，但我沒有因此停下。

「啊，歡迎回來。」

一回到房間，就看到永藤在整理行李。她好像在準備今天要換的衣服。

原來她真的打一開始就決定好要住我家了啊。

「日野爸爸生氣了嗎？」

「沒有。我從來沒看過他生氣。」

也沒看過他笑就是了。他大概是不會產生強烈情緒的人吧。

感覺連這樣的人也對餐點口味太淡有意見，其實有點奇怪。

永藤看我回來似乎也安心了，拿下臉上的眼鏡。仔細一看，就發現永藤的嘴巴在動。

「妳在吃什麼？」

「糖果。她要求我邊吃這個邊乖乖待在這裡，所以我就照做了。」

「妳是小孩子嗎？」

也確實是小孩子啦。十三歲仍然算是徹徹底底的小孩，既無力，又不穩定。

同時也會有這個年紀特有的煩惱，而且必須找出解答。

這就像是一種人生當中的課題，不論當下幾歲，都是一樣。

「那個，永藤。」

我坐下來以後，眼睛盯著其中一邊臉頰有點凸起的永藤。

「嗯～？」

「跟妳——」

一輩子待在一起，大概就是我的人生意義。

準備說出口，就覺得格外害臊，結果又收起了快要化成聲音的話語。

「跟我？」

永藤用言語跟態度逼問我。以前幾乎相等的身高，已經開始產生明顯的差距。

我今後的人生會是一直仰望著永藤嗎？

永藤永遠都會在那裡。

……我故意講得詩意一點，但不怎麼感動。

「……我在想要跟妳一起玩什麼。」

「原來是要說這個啊。」

從臉的外側也看得出她嘴裡的糖果在滾動。這傢伙到底吃了幾個啊？

「那，就玩日野吧。」

「啊？」

「讓我玩～」

永藤朝我撲過來。所以，我也不慌不亂地跳開來躲她。就算躲開了，永藤還是會馬上再撲過來，而我也繼續逃開。我們兩個就這樣不斷跳來跳去，好像還聽到有人罵我們的聲音，讓我忍不住笑了出來。

如果這真的就是我可以接受的人生，那我也只能笑了。

但是，我一直都是這樣活過來的，也找不到其他的人生道路。

既然如此，不如就全心全意面對這樣的人生。

我跟永藤面對面。我往她不斷滾動糖果的臉頰又捏又揉，回敬她剛才把我耍著玩。

「要玩就來玩啊。」

我已經不需要再有任何迷惘了。

第三章「妙子」

「嗯～這個嘛～永藤同學我以前也經歷過很多種事情呢～」

「是喔～」

「還有這種的。」

「哪種啊？」

「妳有什麼提示嗎？」

我詢問待在暖爐桌裡的日野。日野輕快地揮揮手。

「沒有。」

「不可能沒有啦～」

如果真的什麼都沒有，我又是怎麼活到現在的？但我也一直想不起來。

原來就算世上的一切都不明瞭，也是有辦法生存啊。

「嗯～我真是個哲學家。」

「超想睡的。」

「妳邊睡邊聽我說。」

「好喔～」

日野徹底閉上眼睛。我看她閉好雙眼，才開始說。

「我應該也是會有青春的 something 跟 else 才對。就像是當時的感覺塑造了現在的我之類的。可是我頂多只想得起昨天的晚餐而已。奇怪，昨天是吃什麼……呃，應該有吃馬鈴薯……是咖哩嗎？不對，不是咖哩，記得沒有咖哩味。是吃什麼啊？」

「呼咕～」

「妳有在聽嗎？」

我搖晃日野的肩膀。

「讓我睡啦。」

「妳有什麼提示嗎？」

「妳死心吧。」

「唔～」

既然連對我很熟悉的日野都這麼說了，那我可能真的沒有經歷過心酸的往事。

原來我的人生甜甜的。

這樣倒也不錯。

「沒有的話就算了，沒事沒事～」

結束了。

重來「妙子，奇妙的一日，野孩子」

我感覺像是找到了很軟很亮，又很圓滾滾的東西。

第一次看到日野時的印象，都是這種很正面的感覺。

「我叫日野晶喔～」

在幼兒園第一次見到日野的時候，她的身高還跟我差不多。不對，搞不好日野長得比我高一點。髮型從當時就是綁成左右兩邊。

「晶？妳是男生嗎？」

「才不是咧。」

我把覺得奇怪的地方講出口，日野就立刻否定。不知道是不是被問習慣了，反應好快。

而日野講完，就輪我做自我介紹。

「我叫永藤妙子喔～」

我用親近的態度對大家打招呼，接著日野就有些生氣地過來我這裡。

「不要學我～」

「才沒有學妳～」

我只是參考一下而已。我們不斷捶打對方。馬上就被老師制止了。「嗡～」我被抱離日野身邊。不用自己走路就能移動，真的很省力。

當時的我年紀那麼小，就已經知道怠惰的滋味了。

之後，我比日野還要被多罵了幾句。當下我完全不覺得奇怪，但有時候等過了一段時間再回想一件事，就會找到答案。是因為我看起來比別人還要更沒有認真聽人講話。這點在上小學以後也常被提到。

不過我把這件事告訴日野，她就有些灰暗的笑說「才不是那樣咧」。

所以，我到底為什麼會多挨幾句罵？

總之先不管這個。

挨完罵之後回到大房間，就發現大家已經去外面玩了。只有一樣被罵的日野跟我還留在房間裡。我感覺自己落後大家，眺望起外頭的景色。日野應該也是差不多的心情吧？

在日野身後的我看著她時，忽然發現一件事。

「那個啊～小晶。」

我開口叫她，日野就嚇了一跳。她轉頭看我，又開始生悶氣。

「怎樣啦。」

「妳背上有蟲蟲。」

「是怎樣啦～！」

日野手忙腳亂的，同時把背部靠向我。

我當然是直接逃開。

「幫我拿掉！」

「咦～可是我不能碰蟲蟲……」

「咦～！」

因為父母叫我不要什麼東西都伸手去碰，我要乖乖聽話就不能碰蟲。而且那怎麼看都是蜜蜂啊～要是被螫到就不好了～於是我就跟日野一起不知所措地跑來跑去。

「妳拿東西弄掉牠啦～可以用那個或那個！」

日野指著附近的幾個東西。看來是要我用工具除掉蟲子。

「咦～可是把蟲蟲壓扁掉會弄髒妳的衣服耶。」

「唔。」

日野整個人停頓下來。

「會被媽媽跟江目小姐罵。」

「對吧對吧～？」

「妳為什麼一副很了不起的樣子……」

日野像螃蟹一樣腳往旁邊踩，橫著走路。她拿著原本被收起來的方塊狀玩具回來。然後再次把背對著我。

「牠在哪裡？」

「呃～在正中間……啊，牠動了一下。」

「哪裡啦～」

日野左右跳動。

「右邊～啊，可是是小晶的左邊還是右邊啊？」

「咦～不知道啦。」

日野隨便挑個位置用方塊刷過自己的背。刷過幾次以後，蜜蜂不曉得是不是被煩得受不了，飛離了日野的背上。「喔～」我們本來愣愣地看著蜜蜂飛舞的身影，接著才驚覺到一件事。

現在換我們非逃不可了。

「哇呀～」我跟日野一起跑出房間。一打開門，蜜蜂也朝這邊飛過來，跟我們一起跑到外面來。蜜蜂沒有停止前進，就這麼邁向遼闊的世界。

目送蜜蜂離開之後，我跟日野肩並肩站著。日野看了我一眼，說：

「妳根本沒幫上什麼忙！」

「嗯、嗯。」

我乖乖承認日野精闢的評語。日野環望周遭一段時間之後——

「算了，沒關係啦。」

她馬上恢復好心情，然後轉頭看向我。

「我們來玩吧。」

「嗯！」

「呃……小妙。」

我很高興日野似乎很快就記住我的名字了。

「晶晶～」

「誰啊？」

「我剛剛隨便想的綽號。」

「取綽號不要這麼隨便啦～」

我再次跟日野互捶起來。

我跟日野就這樣在短時間內認識了彼此。

「那個啊，我想要去小妙家。」

日野家跟我們家不一樣，是開汽車來接小孩回家。日野跟穿和服的女人講話的時候，我就在旁邊摸車子。

「不可以這樣。」

來接我的媽媽拎起我的脖子。「嗡～」我被抓著離開車子。
「您想去同窗好友的家嗎？」
「同……同窗好友啊。」
媽媽不知道為什麼突然全身僵硬。
「請您稍等。」
穿和服的人離開了一段距離，打起電話。等她的這段期間，我看著日野的背。
「有蟲蟲嗎？」
「沒有～」
「好耶～」
我們兩個一起歡呼。媽媽靜靜地笑著看我們開心的模樣。
「已經徵得家裡的同意了，請問可以叨擾府上一段時間嗎？」
「可……可以。」
穿和服的人收起電話跟媽媽說話，媽媽就變得畏畏縮縮的。
「可以嗎～？」
「對。來，請上車。」
日野高興地跳進車子裡。後車門依然開著，騰出空座位。
「請。」

穿和服的人面帶微笑，邀請我上車。我抬頭看著媽媽，詢問能不能上車。

「我不知道府上的位置，兩位一起搭車會比較方便。」

穿和服的人代為表達意見。「說的也是。」媽媽答應了她的提議。

「那，我就恭敬不如從命了……」

「您請。」

媽媽也搭上後座。媽媽上車之前看起來像是有點顧慮其他小孩跟他們的媽媽，一直面對著大家，直到關上車門。穿和服的人坐進駕駛座。

「那就麻煩您指路了。」

她對媽媽說完，就發動車子。我們家離幼兒園不遠，就連我也記得路要怎麼走。我們家也有車子，但幾乎沒有必要開車出門，所以搭車的感覺很新鮮。

「原來小晶家是搭車啊～」

「嗯。」

「我們家也開車吧。」

「不開。」

我認真提議開車接送，結果被冷淡拒絕了。

我們家跟日野家是哪裡不一樣？我踢著腳，愣愣思考我們的差異。

想著想著，就到我家前面了。

「我晚點會來接大小姐，就勞煩您先代為照顧她了。」
「啊，好、好、好。」
媽媽頻頻彎腰。穿和服的人深深鞠躬過後，就開車離開了。
她離開以後，媽媽像是卸下了肩膀的重擔一樣吐了口氣。
「雖然妳可能會覺得我們家很小，不過請進吧。」
「好～」
媽媽輕推日野的背要她進門，她就往店裡跑去。
「明明跑得那麼急，我們家也小到沒什麼好看的啊。」
「笨蛋。」
媽媽輕輕用拳頭往我頭上敲了一下。明明是她自己說很小的。
她抬頭看著店面的屋頂，小聲說：
「日野家的孩子嗎……我只看過外面的竹林啊。」
我不懂她在說什麼。
「我叫日野晶。」
一進門，就看到日野跟站在店裡的爸爸打招呼。爸爸也跟面對客人的時候一樣，笑著對她說「妳好」。
「我叫永永藤藤。」

「妳用不著跟她對抗啦。」

我這麼說反而讓爸爸覺得傻眼。反應怎麼差這麼多？

「是妙子的朋友嗎？」

「對～」

我跟日野都舉起手肯定。爸爸本來很開心地看著我們，但慢慢開始感到困惑。

「嗯……日野？」

他跟媽媽剛才一樣，好像覺得哪裡不對勁。我看了看日野，她也是一臉不知道發生什麼事的疑惑表情。當然，我比她更不懂這是什麼情況。

我們全僵在原地的時候，媽媽對我們說：

「妳們到裡面去玩吧。店裡還在營業，不要跑出來喔。」

「好喔好喔～」

我立刻放棄思考，隨便應付已經聽習慣的提醒，跟日野一起走往家裡。

進到家裡以後，日野丟下書包跟帽子，笑說：

「小妙家裡有好香的味道。」

「嘿嘿～這是把肉拿去炸的味道。」

是肉店裡面賣的可樂餅跟炸肉餅的味道。這種連家裡都沾附著的味道，就算習慣了也會不時聞到覺得肚子餓。

「原來妳家是肉店啊～」

「我喜歡吃肉～」

我們「哇～」地歡呼起來。沒有特別的意義，沒有多想什麼，很輕柔。

「小晶家裡是做什麼的？」

「唔～不知道。」

唔唔——日野眼神撇向一邊，開始沉思。

「是做什麼的啊……大概是賣茶的，或是做院子的？」

「院子？」

「因為我家院子很大。」

「喔喔～」

聽到令人羨慕的事情，我忍不住興奮起來。

「好好喔～好想去妳家看看。」

「嗯。下次就換小妙來我家吧。」

「好耶～」

我為隨口說說的約定歡欣鼓舞。一聽到院子很大，我就想到很多事情想試試看。

不過，感覺等我到日野家，就已經全部忘光了。

現在的我也的確沒有繼續把這個話題放在心上，注意力很快就轉移去其他事情。

對象是眼前小小的臉。

「怎麼了？有蟲蟲嗎？」

被我盯著看的日野拍打自己的鼻子。「沒有蟲蟲啦～」我拉近距離。

「小晶妳長得好可愛。」

「咦。」

我老實把仔細看過她的臉的感想告訴日野，之後她也一樣近距離盯著我看。眼睛不斷眨呀眨的。

「小妙也很可愛～」

「好耶～」

我們互相稱讚，一起跑跑跳跳。跟日野分享這個走五步就快撞到牆壁的狹窄空間。現在想想，我就是從日野身上學到什麼是朋友的。

對於交到朋友的喜悅，跟朋友的存在，全是源自日野。所有的感覺都化成日野的形體，烙印在我的腦海，直到現在都不曾消失。

我們打打鬧鬧到一半躺了下來，等回過神，才知道我們就這樣睡著了。

日野抱著應該是媽媽幫她蓋上的毯子睡覺。我迷迷糊糊地看著她，發現我的毯子被她搶走了。我沒有完全清醒，所以只有眼睛在動，身體還沒醒來。
「哦，日野家的孩子啊……為什麼會來我們這種地方？」
我聽到店裡傳來爸爸說話的聲音。他在和媽媽說話。
「好像跟妙子當上朋友了。」
「喔～……是上同一間幼兒園？」
「對。」
「那種家庭的小孩不是應該會去千金學校嗎？」
「的確。可是這附近沒有那種學校不是嗎？」
他們好像在聊日野的話題。雖然也有聽到我的名字，但還是不懂在講什麼。
「對方是女生，我們家的也是女兒……太可惜了！」
「可惜什麼啊？」
「要是去當人家女婿，呃～對，就可以在日野家享受酒池肉林了。」
「你啊……」
「我開玩笑的。不過，讓她來我們家這麼小的地方，沒關係嗎？這麼說是有點難聽，可是我們這裡只是一間普通的肉店啊。」
「那種事情跟小孩子沒有關係好嗎？」
「好像也是……」

「比起那個，看她馬上就交到朋友，我也鬆了口氣。畢竟她有點傻呼呼的。」

「啊～的確……」

我又開始想睡了。同時身體也在微微顫抖。就算我用力拉，日野還是不願意放開毯子，所以我只好鑽去她那邊。我躺到她懷裡，蓋上毯子。毯子直接蓋在臉上，就覺得有些刺刺的。

我在毯子跟日野的環抱之下，聞到日野衣服上跟我們家不一樣的味道。

一種感覺有點粗糙，好像會摩擦到鼻子的香味。

我覺得這一定就是日野家的味道。

媽媽把還在睡的我叫醒。

「小晶妳的家人來接妳了。」

「接我……」

日野睡眼惺忪地緩慢起身。隨後她發現我包在毯子裡，發出「哇！」的短短驚叫。頭被搖晃到的我，跟著毯子一起整個人被拉起來。

「妳要回家了嗎？」

「嗯。」

日野戴上帽子，把書包的背帶掛上肩膀。

「不回去的話，媽媽會擔心。」

「那就糟糕了～」

「還有爸爸跟哥哥也會。」

原來妳有哥哥啊——我問完，日野就「嗯」地點點頭。

「他們長得很大隻喔。」

「喔～」

這下可不能輸給他們——我燃起了鬥志。我不曉得是要贏過什麼。

我到外面準備送日野離開，就看到一件花樣樸素的和服。

「是江目小姐！」

剛才有見過面的穿著和服的女人從車子裡走出來，對媽媽深深鞠躬，說「大小姐受您照顧了」。媽媽回答「不不，別客氣別客氣，呵呵呵」，很明顯慌得不知所措。

她們在講話的時候，我在一旁摸著車子。

「不可以。」

我被穿和服的女人輕快地抱起來。「嗡～」我被抱離車子旁邊。

「對不起。」

「不會不會。」

我被交還給媽媽。我想要亂動，結果就被用力抓住了。

「她一副傻呼呼的樣子，可是很好動。」

「小晶，再見～」

被抓著的我揮揮手，日野也笑著對我揮了揮手。她的動作沒有我這麼大。穿和服的人跟車子，還有日野離開了我們家。留下的就只有有些冷清的大群建築物。

媽媽像是說著發生在自己身上的好事一樣，開心對著懷裡的我說：

「恭喜妳交到朋友了。」

「嗯、嗯。」

「妳幹麼有點高高在上的樣子啊？」

我被輕輕捏起臉頰。

「唔喲～」

我就這樣被捏著臉頰走回家。

「連來接她的車子都好氣派啊～」

在店裡的爸爸抓著頭笑道。很氣派嗎?的確，好像比我們家的車子還要亮晶晶的。雖然被我摸了好幾下。

「小晶她說喜歡我的家。」

「哦。會不會是覺得很稀奇呢？」

「下次啊，換我也要去小晶家玩。」

「唔……沒問題嗎？」

爸爸的視線投向媽媽。媽媽只是聳了聳肩。

「怎麼了嗎～？」

「呃，像禮節之類的……還有，對，要是摔破很貴的壺之類的，爸爸會很困擾……」

「啊，這我也挺擔心的。」

父母的視線集中在我身上。我先是不斷張望，才想到這時候該怎麼回答。

「交給我吧！」

「感覺會出事。」

手肘頂在展示櫃上托著臉頰的媽媽，語氣聽起來平坦到了極點。

「我們沒有在家裡放壺做擺飾。」

「咦，哎呀，那真是太好了。」

哈哈哈，好耶——媽媽像是贏了什麼似的把我抱起來。雖然不懂發生什麼事，但看到媽媽開心，我也很高興，就喊著「太好啦老頭～」一起慶祝。

「誰跟妳老頭啦。」

「因為老爺認為摔破了會很危險。」

「啊～真的會很危險呢～家計方面也是。」

媽媽雀躍地跳起舞來，我也跟著被轉來轉去。

不過，媽媽卻突然驚覺到一件事情，睜大眼睛僵在原地。

「那掛軸呢？」

「有些許。」

穿和服的人露出微笑。

「很貴嗎？」

「也是些許。」

她笑得更燦爛了。我也露出笑容和她對抗。只有媽媽沒有在笑。

媽媽把臉逼近我，鄭重叮嚀：

「不可以碰掛軸喔。」

「什麼是掛軸啊？」

竟然要從這個開始解釋啊——媽媽眼神游移。然後像是死了心一樣，轉頭面對穿和服的人。

「還請務必要盯好她。」

「好的。」

媽媽把我交給穿和服的人。「嗡～」我就這樣被抱上車子後座。

這是日野來我家的隔天，在幼兒園前面發生的事情。

日野已經在車子裡等我了。

「感覺小晶家好像要注意很多事情耶～」

「咦？會嗎？」

日野訝異得睜圓眼睛。但不知道是不是有些頭緒，又含糊地說「嗯～好像是」。

「像吃飯的時候，就有很多規矩。」

「啊，我家也是我家也是～」

我常常被唸說不要老是顧著看電視，快點吃飯。飯可以晚點吃，可是電視節目不當下看就看不到了，所以我認為看電視比較重要，是不是很有道理？——我這樣詢問母親大人的意見，最後只得到一記輕輕敲在我頭上的拳頭。

「原來小妙家也有很多規矩啊……」

「嗯。」

不知道為什麼我一點頭，日野就露出放心的笑容。

穿和服的人在車子外面跟媽媽打完招呼以後才坐上車。要回家的時候，她好像會送我到家門口。媽媽可能本來想看看日野家長什麼樣子，看起來覺得有點可惜。

「那，我們出發了。」

「好耶好耶。」

車子起步以後，我突然想起了一件事情。
「妳是小晶的媽媽嗎？」
我身體稍微往前傾，抓著駕駛座問她問題。
這是我昨天就有的疑問。
「咦？不、不，我不是。」
「這樣啊～」
我退回座位上。我看向日野，她也一邊踢著腳，一邊說「不是～」。
「江目小姐她啊，是我們家的傭人。」
「傭人？」
「就是幫家裡做各種事情的工作。」
「喔～」
那她的家人應該會輕鬆很多。之後，我想到媽媽也在幫爸爸顧店，她也是傭人嗎？那這個人果然是日野的媽媽吧？我差點陷入混亂。
「哇，小妙暈了！」
「唔～好難懂。」
「這個話題有難懂的地方嗎……」
穿著和服的人溫柔表達疑惑。

「請妳也來幫忙我們家顧店。」

「嗯，以後有機會就去。」

就算我隨口說說也沒有拒絕，她應該是好人。我的判斷標準極為單純。

我覺得判斷方式簡單一點，也比較不會讓對方有壓力，但實際上是不是這樣呢？

當然，這時候的我根本沒有在考慮這種事情。

日野家離幼兒園很近。我後來才知道，她家跟我家也沒有多遠，上小學以後要自己走去她家玩也不是難事。當時的我完全不知道離自己家不遠的地方，有這麼氣派的家。在那之前，我家就等於是我的全世界。

我到了這一天，才體驗到真正的寬廣世界。

「真的好大喔～」

我跳下車，看到日野家的院子就忍不住跑了起來。廣大到不知道庭院有多大，不知道停車場有多大，也不知道房子有多大的世界，對我來說極其新奇。空氣也跟鎮上截然不同，聞起來很新鮮。這裡太多自然景觀，還讓我誤以為自己聽見了流水聲。走到房子的側面後，腳底開始踩到鋪在地上的小石子。就算是隔著鞋子踩上去，都覺得很舒服。這是什麼～！這是什麼～！——我驚訝了好幾次。

這裡究竟可以蓋滿幾間我家？我甚至想要仔細計算看看，大肆奔跑一番。

我停下腳步，大口吸氣。把柔和的風吸滿整個胸腔。

接著，我就感覺心裡有某種東西開始不斷翻轉，產生躍動。

「哎呀？」

我打算繼續奔跑的時候，腳底就飄離了地面。穿和服的人從後面把我抱了起來。

「我有收到要看好您的要求，還請見諒。」

「對耶。」

我被穿和服的人抱著，「嗡～」地被抱到屋子門口。日野很安分地在門口等。

對日野來說，院子的景色應該顯得很平凡無奇吧。

不曉得是不是要特地把我放下來很麻煩，我就這麼被抱進日野的家裡了。

光是玄關，就有我家最裡面的房間那麼大。我用新奇的眼光看著很大的鞋櫃，裡面的鞋子多到我不懂是否真的有必要擺這麼多，這時候，又有其他穿著和服的人出來迎接我們。

她看起來跟傭人差不多年紀。頭髮束在後面，綁成丸子的形狀，看起來有點重。純黑的和服跟她的髮色很相配。她一有動作，就看到她袖子裡面原來是紅色的——我當下冒出這樣的感想。日野一看到她，就深深鞠躬說「我回來了」。

「歡迎回來。」

我從她溫柔的回應聽出她就是日野的媽媽。她的視線從日野轉移到我身上。

「打擾了～」

穿著和服的人把抱在懷裡的我放下來。

「我叫永永藤藤妙妙！」
「哎呀，妳的名字好長啊。」
日野媽媽沒有受到半點動搖，沉穩回應我。
「我昨天聽晶聊了很多關於妳的事情。」
「都是好事嗎～？」
「當然。」
日野媽媽露出微笑，之後對穿和服的人說「那就拜託妳了」，回頭往家裡走去。
她拜託穿和服的人什麼事情？我四處張望，接著才心想「啊，原來是說我」。
我在脫鞋子的時候，聞到一股讓我不自覺讚嘆的氣味。
一股清新的樹木香氣。
這種空氣好聞到感覺只要深呼吸好幾次，連自己的皮膚都會變涼快。
充斥日野家中的空氣新鮮得就像身處不同世界。一切都跟我所知的世界不同，甚至無法想像這個地方一樣位在地面上。這是我心裡第一次隱約浮現覺得日野好厲害的感動。
日野媽媽走過去的方向有什麼呢——我才想過去看看，就被用力抓住肩膀，強制調整前進的方向。我沒來由地伸直手腳，用俐落的動作走路，結果日野也學我這樣走，我們兩個就這樣一起笑了出來。
同時也微微聽到頭上傳來穿和服的人的笑聲。

而我被帶去的目的地，是日野的房間。日野的房間比我家客廳還要大。看起來就算到處亂跑，小腿也不會撞到桌子。

我忍不住跳來跳去。跳著跳著，就被抓著肩膀坐下。

「小晶，妳有自己的房間好棒喔～」

「咦，小妙沒有嗎？」

「我沒有那種東西。」

我得意地抬頭挺胸。以後好像會把二樓的小房間打掃一下給我用，但現在還沒有必要，所以生活起居都只在一樓。一樓只有兩三個很小的房間。

我覺得日野每天都是從不同世界來幼兒園的。

「那～小妙可以把這裡當成自己的房間喔。」

日野張開雙手提議。

「當作是我跟小妙的房間。」

「可以嗎～？」

居然能被贈與其他世界的一小角，太幸運了。我聽到化身把半個世界送給妳超人的日野說完，就環望起房間的牆壁跟高高的天花板。想到這裡變成我的，就感覺身體好像在顫抖。

屬於我跟日野的世界。

就像最一開始的紀錄被覆蓋一般，我甚至覺得這裡可能會成為我的歸屬。

這跟「家」又是不同意義的歸屬感……像是靈魂找到了棲身之地。

「可以啊～」

「好耶～」

我跟日野一起舉手歡呼，分享喜悅。我發現看著我們聊天的穿和服的人，露出很困擾的笑容。我用眼神問她怎麼了，穿和服的人就用覺得很不可思議的語氣說：

「兩位感情真的很好呢。明明昨天才剛認識。」

我跟日野互相凝視彼此，日野的眼睛很漂亮，那雙眼在這個家的空氣環繞下成長，清澈無比。

「對啊。」

「對啊～」

的確，我們從認識到現在才剛過一天。

不過，我對存在於自己跟日野之間的關係完全不抱懷疑。

「兩位覺得很來電嗎？」

這道提問就像在試探。來電？沒有被電到的感覺——我捏著自己的手指否定這個說法。

在我內心萌生的，是更柔和的東西。

「我覺得小晶給我一種軟蓬蓬的感覺～」

「蓬蓬？」

「蓬蓬～的。」
這麼說的同時，我也感覺自己臉上浮現了笑容。雖然我是用自己的感覺來說明，但不知道是不是這樣就夠讓穿和服的人了解我的意思，不再看見她臉上的困惑。
「這是好事，您就好好珍惜這種感覺吧。」
穿和服的人臉上轉而浮現的笑容，帶有很多種不同的味道，像是在細細品味著什麼。雖然我還完全沒辦法用舌頭來辨別那些味道是什麼樣的感情。
「我會珍惜～」
我抱著輕鬆的心情宣誓。日野也跟著我舉起手。
「啊，對了。哪一個東西是掛軸？」
「您問這個打算做什麼呢？」
「呵呵呵。」
我用笑聲敷衍，就被她面帶微笑地叮嚀「不可以喔」。
「嗡～」
「我不會抱您去找。」
「嗡～」
我主動放棄。「唔～」我稍微想了一下，突然靈機一動，眼睛看向日野。
「小晶知道掛軸在哪裡嗎？」

「不知道～」

「那我們今天就來找掛軸吧～」

「喔～好啊好啊～」

我跟日野一起站起來，快步往走廊跑去。穿和服的人也連忙跟過來。

「看來比想像中的還要難顧好呢。」

穿和服的人細聲說道，露出苦笑。而日野則是滿面笑容。

「明明是平常待習慣的家，可是只要有小妙在，就變得好好玩。」

看到笑著對我這麼說的日野，我感覺像是找到了很軟很亮，又很圓滾滾的東西。

第一次看到日野的時候的印象，都是這種很正面的感覺。

「不知道有沒有發生過這種事耶！」

「既然妳會記得這麼清楚，那反而不是事實吧？」

「說的也是。」

我又很乾脆地相信日野的說法，縮回暖爐桌裡。

「2033 8 11 21:47:22」

無意間走進陰影，就會注意到自己手指上的光輝。

那是綁在食指上的，水藍色的蝴蝶。

小社的頭髮不會髒，也不會變得黯淡，一直靜靜散發著淡淡光芒。揮動手指，蝴蝶就會輕柔地拍打翅膀，就好像真的有生命的生物。明明頭髮只有框出蝴蝶的輪廓，卻感覺翅膀中的空洞也充滿了光粒。

我在很快就開始漸漸變得昏暗的走廊上停下腳步，入迷地觀賞了一陣子。

接著，我打開房間門。

我看到姊姊跟小社窩在被子裡。暖爐沒有開，房間裡面很冷。

「唔，小同學。」

小社馬上睜開一邊眼睛。跟蝴蝶一樣滿是水藍色的眼睛沒有在看著任何地方。

「小社，妳一直睡覺的話，會變得像姊姊一樣喔。」

「像島村小姐是嗎？」

唔——小社側眼看著姊姊，姊姊還在睡，姊姊冬天的時候真的常常在睡覺，媽媽笑說這

樣就不用多花時間照顧她。

「那麼，我就出去吧。」

雖然我不懂她的「那麼」是什麼意思，總之小社扭著身體鑽出被子。她身上穿的是平常那件獅子睡衣。我家有很可愛的獅子。要是有不可愛的獅子在就糟糕了。

「小同學看得見我的未來嗎？」

獅子純真地看著我。

「嗯？嗯？啊。」

她把我說會變得像姊姊一樣那句話當真了嗎？

小社有時候會這樣。感覺像是只聽字面上的意思。

「有人說沒有任何人知道未來會是什麼樣子。」

「不，我看得到。」

「咦！」

「我想想～那麼，我就來預言一下小同學的未來吧。」

「預言？」

我想到偶爾會在鎮上看到的占卜師。跟小社給人的印象完全兜不起來。

「原來小社會預言嗎？」

「我會我會。」

嘿嘿——小社挺起她白白的肚子。我用手指去戳一戳，戳起來很柔軟。

「現在是幾年？」

「要從這個開始問？」

小社到底知道這個世界的什麼奧妙？

我告訴小社年份以後，她就開始彎起手指數數。小社的指甲也呈現淡淡的水藍色，好漂亮——我看她數數看得出神。也有點忘記房間很冷了。之後，數完的小社說：

「小同學明天會和我一起吃甜甜圈。」

哼哼哼——小社一副得意的樣子，自信滿滿地斷言。

我過了一段時間，才終於意會到她在說什麼。

「那只是小社想吃而已嘛。」

「呵呵呵。」

小社完全不覺得不好意思。明天……雖然明天放假。

「小同學也一起去吃吧～我也有錢可以買喔。」

小社非常自豪地炫耀她不知道從哪裡拿出來的五百圓硬幣。

「那是小社的零用錢嗎？」

「啊～對，就是那個就是那個。」

她的語氣異常輕浮。這錢的來源很可疑喔……就在我盯著她看的時候。

「啊，那我再多幫小同學做一個預言。」

「咦？」

小社面帶微笑，對我說：

「從現在算起來約十六年後，小同學會找到非常巨大的東西。」

我誤以為綁在手指上的蝴蝶順著她講話的聲音拍起翅膀。

「而到了那個時候，地球人——」

我能聽出在說什麼的部分只到這裡，她後面說的我都聽不懂。

只勉強知道有應該是說話聲的聲音，用我完全無法理解的聲調傳進耳裡。

「小社——」

「喂～這裡有點心，妳們要吃嗎？」

「哇～」

小社聽到媽媽的聲音，就雙手往前伸出去，跑了起來。

她沒有回頭，直接迅速跑出房間。

不不不。

「這樣害我超在意的耶。」

姊姊好像什麼都沒聽見，還在繼續睡大頭覺。

「唔……」

我用手指戳了戳姊姊毫無防備的臉頰，她就翻身躲開。

我跑去另一頭再戳她一次，姊姊果然又翻身了。可是沒有醒來。

現在不是顧著玩姊姊的時候。

「唔……可是小社本來就是這個樣子。」

她光是找到一顆糖果，都可以興高采烈地說「我找到一個不得了的好東西了～」，所以搞不好實際上沒有她說得那麼誇張。像很大的蛋糕，或很大的布丁之類的。

我去找小社，就發現她已經搶先在吃媽媽拿出來的西班牙小餅了。

「哈哈哈這傢伙真不客氣耶～」

媽媽很開心地輕輕頂了一下小社的額頭。

「鏘鏘～」

小社毫不退縮，兩手都抓著西班牙小餅。

「嗯，與其說是不客氣，不如說妳臉皮真厚啊。」

「好好吃～」

看到小社嚼著點心，鼓著柔嫩臉頰的模樣，就覺得想追問她的念頭全部煙消雲散了。

第四章「風暴 ～櫻花聖誕帖～」

這是第二次和島村一起過聖誕節了。
雖然我用到「了」，但還不是過去式。
『我晚上要在家裡吃，如果是約午餐的話沒問題。』
這是島村聖誕節當天的行程。總覺得之前也是這樣。島村非常重視她的家人。這種思維在社會上想必是極其理所當然，是我太不尋常。
我……怎麼說，我不知道該怎麼和家人相處。因為我放棄學習相處的技巧，就這麼活到了現在。這種做法肯定不是正確的。但就算找遍這個世界，也不會找到熟悉跟人相處的自己。我只能仰賴現在的自己。
家人啊——我稍做思考。
那，我也跟島村成為家人的話……家人？成為家人的方法……收養？不不，感覺……方向不太對。我腦袋的混亂又更加深了一點。
我決定先不管家人這個問題。重要的是陪伴島村的時光。
在房間裡轉來轉去想事情，已經徹底變成我的習慣了。
「普通的打扮……怎麼樣叫普通？」
平常穿的衣服——我看向衣櫃，我的便服整齊擺在裡頭。

記得去年是穿旗袍跟島村去購物中心是嗎？

好懷念。

「……不對，為什麼？」

我為什麼在聖誕節穿旗袍？

現在根本完全想不起來當初怎麼會做出穿旗袍的決定。我到底在想什麼？還特地跟打工的地方借那種衣服。我懊惱得差點忍不住抱起頭。明明只是一年前的事情，我卻搞不懂自己的想法。客觀來看，完完全全就是個怪人。虧島村有勇氣跟我走在一起。

我認為島村的寬容正是她吸引人的地方，但她也可能只是不怎麼在意周遭的人事物。我希望她可以更在意我一點。可是我不應該單方面希望她付出，我應該也能主動做些什麼。這樣一想，就會擔心普通的打扮只會換得一樣普通的反應，不留下任何印象。

所以穿旗袍去不是錯誤的決定……希望我的想法是對的。

尤其觀察冬天的島村，就會發現她常常在發呆。

感覺不特別注意，就會隨波逐流地度過每一天。

「不對，她不是在發呆，不是發呆。」

應該是快抵擋不住睡意……對，就是那樣。

「……不過──」

我到現在才注意到自己真是時時刻刻都在想著島村。

不知道島村一天會花多少時間想著我？

是五分鐘，還是十分鐘？我可以樂觀猜測她心情好的話，會花一小時想我嗎？

可是，我應該沒有那麼多事情可以讓島村想上一小時。

我感覺自己的指尖看起來變得單薄。我在島村面前大概大多時候都很緊張……會咬到舌頭，會暈頭轉向，視野會變得模糊，會搞不懂自己在說什麼……我的行為給人的印象或許一點也不薄弱。但陷入混亂稱不上「很多事情」。

看來我面對島村的時候以更冷靜一點為目標會比較好。

我一直在想著島村。

要是被她知道了，我會覺得非常難為情。

「聖誕快～」

一種獨特斷句傳進耳裡的同時，也看到閃閃發亮的小東西在四處亂竄。

這種光芒亮到在剛睡醒的時候看見，刺眼程度只輸給太陽。

「早安～」

發現我醒來的小獅子跟平常一樣對我打招呼，我也躺著對她道一聲「早安」。蛋？剩？我晚了一拍才開始用朦朧的腦袋思考她說了什麼。不可能是說蛋塊吧。大概啦。

社妹繼續輕快地在枕頭旁邊彈跳。

「聖誕快～」

「……啊，原來妳說聖誕快樂啊。」

接觸到臉頰的空氣相當冰冷，讓我的意識凝聚起來，恢復清醒。接著，我確認起時間。我是有點擔心自己該不會睡到下午了。雖然覺得就算我再怎麼愛睡也不至於睡這麼久，卻也無法保證絕對不可能。假日加上冬天是非常可怕的組合。

「喔，還來得及。」

距離跟安達約好的時間還有點餘裕。時鐘指針顯示目前是早上十點過後。

「結果醒來的時間意外驚險嘛。」

「哦、哦。」

一起看著時鐘的社妹毫無意義地附和我。

「妳……所以，聖誕節怎麼了？」

「我得知有種東西叫做聖誕節。」

我去年可是不知道的喔——不曉得為什麼她一副很了不起的樣子。因為她看起來一副了不起的樣子，所以我動手拉長她的臉頰。

「我姑且問妳一下，什麼是聖誕節？」

「是吃蛋糕的日子。」

「差不多就是那樣。」

好耶——看仍然被捏著臉頰的社妹高興得很隨便的模樣，就覺得使不上力。

「還有小同學說，這一天會拿到聖誕老人送的禮物。」

「啊……是啦。」

我妹似乎到今年還是相信聖誕老人的存在。嗯～挺可愛的。

可是冷靜想想，就會覺得既然有這種神奇的生物存在，那有耶誕老人或會飛的麋鹿也不奇怪。我先捏長社妹的臉頰，才放開她。捏長的部分一直沒有縮回來，害我差點著急起來。

「我是超級大好人，肯定能拿到禮物。」

「妳這種毫無根據的自信反而讓人有可信度很高的錯覺。」

「所以，請給我禮物。」

是所什麼以？看到她伸出小小的手，我不知所措地抓了抓頭。同時她的臉頰也恢復原狀了。

太好了——我決定當作是好事。

「可是我不是聖誕老人。」

「對，妳是島村小姐。」

沒有半個字是對的。

「聽說聖誕老人會在大家晚上睡覺的時候來。」

「是啊。」

「可是啊，晚上收禮物的話，又要在重新躺回床上之前多刷一次牙。」

社妹像是在講什麼大事一樣，壓低音量。看來她好像以禮物會是吃的為前提。

「所以我想要現在先拿。」

「不，我就說我不是聖誕老人啊。」

「對，妳是——」

「這個哏就不用再玩了。」

「就算是島村小姐給的，我也會很高興喔。」

社妹露出很有精神的燦爛笑容。

雖然她把話說得很好聽，但其實只是忠於自己的慾望罷了。

「要給妳禮物也是可以啦……」

而且我家的聖誕老人大概沒有準備社妹的禮物。

「我姑且問一下，妳想要什麼禮物？」

「雖然蛋糕也不錯，不過我也很喜歡甜甜圈。」

「好啦好啦。」

反正今天要出門，順便買一買就好了。前提是我沒忘記。

「聖誕節真是好東西。」

社妹還沒拿到禮物，就已經一臉滿足。

「嗯……的確。」

我稍微想起安達，想到她不知所措的模樣，就覺得聖誕節可能真的是滿不錯的節日。聖誕節對社會大眾、安達跟社妹來說，都是很特別的節日。或許我也應該積極一點搭上這股潮流。就用「耶嘿耶嘿～」的感覺搭上去吧。是想要搭去哪裡？

「聖誕快～」

社妹高高興興地往走廊跑去。

「我要去跟小同學炫耀～」

「喔，是喔～」

她們兩個感情真好。不曉得今年我妹會在給聖誕老人的信上寫想要什麼。記得去年是想要養魚用的某種東西。今年搞不好是想要養社妹會用到的什麼東西——我被自己的玩笑話逗笑了。

之後我突然在想，總覺得社妹好像海天使。

「聖誕節是吧。」

我裝作興高采烈地舉起雙手，完成開心過節的義務。

家裡會端出有些豪華的料理，沒有聖誕老人出現，房間外面很寒冷。

每年都一成不變，所以我實在沒辦法像借住我們家的那傢伙一樣用天真無邪的態度享受節日氣氛。

「每年啊。」

我撥起睡到有些翹起的頭髮。我明年也會跟安達一起「聖誕快」嗎？

雖然明年得要考試。但搞不好安達根本不打算升學。

感覺我說要去哪裡，安達就會跟著我來；說不去哪裡，就跟著不去哪裡。安達喜歡跟我踩著一樣的步伐前進。就某方面上，也可以說她非常一板一眼。

「我……」

曾有段時期極度討厭那樣。

當時的島村同學全身帶刺的感覺讓我好像很懷念，又好像想當作沒發生過。論活力的話，絕對是當時比較旺盛。

我一邊煩惱該怎麼應付快湧出的呵欠，一邊發呆了好一陣子。

這段時間，我輪流想著安達跟樽見。

結果我們還是只有附近的購物中心跟車站前面可以選。冬天去公園很煎熬，又沒什麼事好做。我看了一眼擺在房間角落的迴力鏢。我到現在還是沒有解開她為什麼會送我迴力鏢當禮物的謎團。等我能夠理解島村的心境，我是否就能看見一片新天地？島村很深奧難解。

我一邊想著這些，一邊換衣服，重複了三次檢查完自己的髮型之後離開鏡子前面的步驟。我有過會重複十次以上的時期，所以感覺現在算開始習慣了……應該。

穿這樣好嗎？就算來到約好的當天，我還是很懷疑自己選擇的打扮。不過看往時鐘，就發現還有一段時間才能見面，為此心急的我忍不住離開了房間。

我在客廳撞見從玄關走進來的母親。她揹著她出門常會揹的一個有點大的包包。我們四目相交，隨後她瞇細雙眼，表達疑惑。

「妳要出門是嗎？」

「……嗯。」

她好像沒什麼興趣似的回應「是喔」的模樣，讓我感覺不太自在，也感覺到我們之間的血緣關係。

但母親之後又接著說：

「幫我向那孩子問好。」

母親說完這句話，就走回房間去了。

「妳那什麼打扮啊？」

她突然又開門再看我一次。

「算了，無所謂……」

然後又立刻回房間裡。她還真忙。

「……那孩子？」

是說誰？就算我想問，她也已經離開了。那孩子——我只想得到島村。

可是我不曾帶島村來家裡……正確來說是有到家門口，但沒有撞見過母親。我也想不到她們還可能在哪裡見過面，說不定是誤認成別人了。雖然我的交友圈狹窄到只有島村，根本無法想像那個「別人」可能是誰。

「算了，無所謂……」

我學起某人的口頭禪，放棄思考解答。之後我離開家，立刻騎上腳踏車。

踩著踏板所見的天空，晴朗得不可能飄下雪花。

「要吃午餐嗎？」

「我現在就要出門了。」

「哎呀～妳真孝順呢，竟然睡到不用考慮早餐的時間才起來。」

母親笑嘻嘻地輕輕拍打我的頭。

「我就說我要出門喔。」

好不容易整理好的頭髮又要亂掉了。我本來想重新整理過，但又覺得算了，反正在外面走路被風吹也一樣會亂。不過我還是有把母親的手甩開。

母親把頭靠在走廊牆壁上，眼神游移。

「倒是妳在聖誕節出門……難道是有男人了？」

「啥？」

「妳已經到了這個年紀了嗎抱月啾啾。」

啾啾是什麼鬼啊？這比她故意多少來煩我一下還要更讓人在意。

「才不是有男人了。」

「那就是有女人了嗎！」

「什麼『那就是』啊。」

她說對了。

「我只是要跟安達出去玩。」

「什麼嘛，是安達妹妹啊。」

雖然當事人不在這裡，但說「什麼嘛」挺失禮的耶。

「妳們感情真好啊。」

「嗯，算是啦。」

我把玩著卡在耳邊的頭髮，語意含糊地回答。向父母坦白我跟安達的關係的那一天，會

在不久之後到來嗎？我家父母都有比較不會計較那麼多的個性，說不定會意外乾脆地接納我們的關係。就像我自己接納安達的存在，和她共度時光一樣。

「妳覺得跟她待在一起開心嗎？」

不再靠著牆壁，改將雙手抱胸的母親問道。

「開心嗎……與其說是我會開心──」

該怎麼說呢？我嘗試尋找其他適當的措辭。我想起教育旅行的時候跟潘喬聊的內容，繼續煩惱該怎麼說才對。雖然沒有任何負面情感，但我不知道該怎麼解釋。

「應該說安達會明顯表現出很開心的樣子，我覺得她開心就夠了。」

我逃避思考，用別人的反應作為自己的答案。論這樣的回答恰不恰當，大概是△吧。希望不是×。

「安達妹妹會看起來很開心啊……哦、哦。」

她雖然表現出好像有特別見解的態度，但我猜她只是讓人誤以為是那樣而已。

一如我所想的，她馬上轉換其他話題。

「安達妹妹家不會在家慶祝聖誕節兒嗎？」

她的發音莫名刻意。然後我知道社妹是在模仿誰了。

「不知道……不對，我想應該是不會。」

考慮到安達跟她母親的個性跟關係，應該是完全不會慶祝吧。這麼說來，我都沒有聽安達說過父親的事情……大概沒有。雖然很想相信自己有聽過就不可能忘記，但我沒有那麼相信自己的記憶力。

說不定安達的父親在家的時間少到讓安達感覺不到他的存在。

我自認為對安達了解得很深，卻意外不知道這麼重要的部分。

「那，如果她之後沒有要做什麼，回家的時候就帶她一起來吧。」

「帶安達來？」

「一起吃晚餐不是比較開心嗎？」

我的母親就是會說這種話的人。她深信大家絕對能打成一片。

就好像在說她才不管對方有什麼無法跟人熱情交流的理由。

雖然我學不來，但肯定也有人被她這種積極正面的態度所救。

「我會問問看。」

嗯——母親在點頭回應之後露出奸笑。

「我也問問看好了。」

「……問什麼？」

「不告訴妳喲。」

「一點都不可愛。」

我老實說出自己的感想，接著就有一記玩笑成分偏少的踢擊輕快劃過我的腳。

「別看我這樣，我也是有交到不少朋友的。反正，妳就好好期待一下吧。」

「那個，妳不要若無其事地繼續講下去，我希望妳可以提一下剛才那一腳。」

「竟然會被躲開，看來變強了嘛。」

「真是謝謝妳的誇獎喔。」

「雖然力道強的是我的腳。」

「煩耶。」

接著，我聽到一陣輕快的腳步聲。社妹雙手伸向前方往廚房跑去，母親見狀就說著「哎呀」，前去把她拉回來。我看著馬上就喊著「呀～」被丟到走廊上翻滾的社妹，忍不住深深心想「……這個家真奇怪」。

這種傻傻的熱鬧聲響聽在國中生時的我耳裡，鐵定會心生憤怒。

但現在不會產生任何負面情緒。

這會讓我有一種——把手靠近剛開起來的暖爐那樣的感覺。

「喔，好懷念的情境。」

比我晚來赴約的島村最先說出的是這段細語，並輕輕一笑。

原來她還記得。覺得很高興的我，心裡也最先浮現這個感想。

因為島村總是在睡覺，感覺不會記得一年前發生的事情。

過了一下下，我才開始為自己的想法感到難為情。

我們約在進到購物中心之後馬上就能看見的廣場聖誕樹旁邊。周遭就像大都市的車站前一樣，滿是跟別人約好在這裡見面的人，人潮造成的熱氣甚至比暖氣溫度還要高。約在這裡的有一家人，有男女，也看得見純女生的小團體穿插其中。

「這就是安達妹妹妳所謂的普通打扮嗎？」

「我……我自己也不知道為什麼結論會是這樣。」

結果我今天還是穿著旗袍過來。唯一不同的是我不是跟店裡借，是自己買的，也就是我自己的衣服。我說的就是這件旗袍沒錯。我在想了很久之後，忍不住買下去了。

我真的有動腦在想嗎？

「是沒關係啦，反正妳穿起來很好看。而且平常沒機會看妳穿，會覺得很特別。」

島村盯著我看，仔細打量我。覺得害臊的我拉著大衣想蓋住旗袍，就被島村說著「不用遮、不用遮」抓住手腕制止。結果變成島村像是在窺探我大衣底下的旗袍，總覺得又更教人害臊了。我感覺到眼睛跟舌頭一如往常地開始打轉。

「而且我正好想再看妳穿一次。」

「咦。」

「我摸～」

她突然用手指摸旗袍開衩的部位，害我跳了起來。我跟抓著我的島村彷彿是在跳舞，當場到處亂跳。就像跟島村一起跳著笨拙的舞蹈。島村有稍微笑出來。

跳完以後，她就帶著開心的語氣對我道歉。

「抱歉抱歉，嚇到妳了嗎？」

「才……不只是嚇到那麼簡單。」

從心底湧上的鮮紅情感究竟是什麼？強烈的心跳聲就像耳鳴那樣傳入耳裡。

無法消逝的跳動不斷累積，感覺快引發頭痛了。

我由衷慶幸自己把冷靜面對島村當作明年的目標。

我放棄在只剩不到幾天的今年完成它了。

「唔～可是安達可能要這樣才比較有趣。」

「有……有趣？這樣？」

島村的感想聽起來莫名奇妙。島村也只顧著笑，沒有解釋。

恐怕島村自己也沒有具體的感想。

只是覺得眼前的我很有趣而已。

……我應該高興嗎？

我沒有時間深入思考，所以我也優先應對眼前的狀況。

「那個，可以跟我……牽手嗎？」

我對島村伸出剛才被她抓住手腕的手，提出要求。

我總算學到不應該慌慌張張抓住她的手，只要像這樣拜託她就好。不可以心急，對，不可以心急。島村她願意來跟我見面，也是我的女朋友，沒什麼好急的。

我先反覆這麼告訴自己，才詢問島村的意見。

「是可以。」

島村一如往常，很乾脆地答應我的要求，牽起我的手。島村被我握在手裡的指尖，像是在來這裡之前沒有碰過任何東西一樣冰冷。我從這份冰冷當中得到了少許安心感。

我們就這樣牽著手踏出步伐。島村選擇的方向，可以看見一排來自餐廳的亮光。

可以理所當然地跟島村牽手雖然一方面覺得開心，一方面卻也覺得……怎麼說，理所當然得太過頭，就像吹過縫隙的風一樣，不會留下深刻印象……島村看起來想吃東西，眼睛環望著周遭。

而把我們牽繫在一起的手似乎很閒，不斷擺盪。

「……島村妳會有害羞的時候嗎？」

「嗯？有啊。不會有人沒有吧。」

說完，島村又馬上改口「不對，搞不好有」。不知道她是想到了誰？

「對了，可以先去買甜甜圈嗎？我怕晚點可能會忘記。」

「甜甜圈？」

「有個怪傢伙要我送她禮物。她說聖誕禮物想要甜甜圈。」

哈哈哈——島村發出苦笑。我隱約猜得出她想到的是誰了。

「嗯？」

不曉得是不是我下意識加強了手的力道，島村低頭看向我們牽著的手。我的手比島村稍微偏白。手指長度應該是我比較長一點？相對的，我也更能用力握住島村的手。

島村沒有多問什麼，視線重新轉回周遭環境。她一下看著華麗的聖誕裝飾，一下看著展示在走道中央的紅色汽車，跟平常一樣在觀察這個世界。

我也跟平常一樣，凝視著環望世界的島村。

接著，我突然覺得自己腦海裡一直島村島村的喊好吵。雖然早就為時已晚了。

從我最近慢慢自覺到這些事情來看，我或許真的有比以前冷靜一點。

「島村妳會花多少心力想我？」

「咦？」

一面仰望著琳瑯滿目的招牌一面走路的島村，彷彿發現眼睛掉出來了一般，訝異地轉頭看向我。

「妳說多少心力是什麼意思？」

「怎麼說……就是妳一天內會不會想到我……這樣。」

「嗯～我當然也是會想到妳啊。」

好隨便。太……隨便了啦——我會這麼想，是因為我想著她的時間太久了嗎？

「有……有多久……？」

「啊～原來妳是要問有多久啊……咦？」

島村皺起眉頭，面露難色，舉手摸著下巴。

「我沒有仔細算過有多久或幾次耶……」

經過島村這樣一說，我也忍不住覺得她說的很有道理。一般不會明確知道斷點在哪裡。我是時時刻刻都在想著她，所以計算起來很容易，但島村就不一樣了。其實我希望島村也能時時刻刻想著我，不過，她肯定不會那樣。

來到甜甜圈店前面以後，島村對我提出疑問，確認我的意見。

「我看起來會對妳那麼沒有熱情嗎？」

會——我吞下差點溜出口的回答，只是似乎還是被島村察覺了。

「那可不行，我會反省。我會好好反省。」

她是不是沒有注意到用像在唸稿一樣的平淡語氣說，會更助長她好像不是很把我放在心上的感覺？不過這或許也是島村獨有的特色——會這麼想的我，是不是已經無可救藥了？

「妳沒有……看起來不熱情。」

我猛力搖頭。我知道她其實很替我著想。

「唔……好，我們坐一下吧。」

島村用很小的動作指著甜甜圈店內。面對窗戶的明亮空間瀰漫著甜甜香氣，以及中華料理的味道。午餐時間似乎有出料理類的供人內用。我平常不會在白天過來，這說不定是我第一次看到。

島村除了內用餐點以外，還買了三個甜甜圈。大概是買給妹妹，還有那個奇怪生物的吧。島村接過甜甜圈以後「啊」了一聲，似乎發現了什麼事情，轉過來面對我。

「怎……怎麼了？」

「我忘記準備聖誕禮物了。」

明明去年就有準備——島村很過意不去地笑道，撇開了視線。

「呃，我也沒有準備禮物……」

我把所有心思都放在該穿什麼衣服上面，所以連我也忘了。

「那這樣正好。」

「有……有正好嗎？」

「那，我們吃完以後一起去買吧。」

「啊，嗯。」

多出新行程，或許反而對我們兩個來說都是好事。因為感覺島村總是在煩惱不知道該做什麼。即使如此還是會想待在她身邊的這種心情，或許就是「好感」的真正樣貌。

我們各自拿著托盤，尋找空位。這裡平常也很多客人，但今天更是人山人海。好像很多是全家人一起來的，四處可以聽見小孩子的尖銳聲音。我們勉強在這片人海之中找到了窗邊的座位。

座位在緊急逃生口旁邊，手肘跟肩膀可以感覺到像是從隙縫吹進來的風。我知道這裡為什麼沒有人坐了。

不過我的手掌跟臉頰都很燙，吹點冷風或許剛剛好。

「我當然喜歡安達啊。」

坐到位子上以後，島村用「總之先喝點水解解渴」的態度傳達對我的愛。

「這……這……這樣啊。」

我本來想故作鎮定回應她這句話，回答卻卡住了兩次。

「但既然沒有讓妳感受到我的心意，我也得好好改善一下了。」

「呃，這個……麻煩妳了……？」

因為聽起來也不是壞事，我下意識講成半拜託她的感覺。「嗯。」島村簡短回應，拿起甜甜圈。她折斷凝固的巧克力的凸出部分，只吃下那一小塊巧克力。島村靜靜彎起嘴角，似乎很滿意巧克力的甜味。

看著她柔嫩的嘴巴，連帶讓我也鬆開了嘴。

「我……歡島村到如果沒有妳，我絕對活不下去。」

我講話的力道不夠強勁，聲音中摻雜著些許含糊。

「雖然妳講得這麼熱情還潑妳冷水是有點過意不去，不過我沒聽清楚妳中間說什麼。」

島村毫不留情。她說著「嗯？嗯？」，用她圓滾滾的雙眼跟爽朗笑容逼問我。

「妳好壞。」

「不是啦～我是想要聽清楚妳說了什麼嘛。」

而且有時候錯過時機就很難再問過──島村不知道為什麼撇開視線，小聲這麼說。

「來，說吧。我會仔細聽進耳裡。」

島村撥開頭髮，露出耳朵。我有點驚訝她手沒有碰到，也能抖動自己的耳朵。而我的驚訝似乎寫在臉上了，島村很疑惑地問：

「怎麼了？」

「想說耳朵能動的人……好像很少見。」

「咦，是嗎？」

島村看起來沒有特別把注意力集中在耳朵上，輕而易舉地再次小小抖動了耳朵。

「這個我妹也會，原來很少見嗎？」

「應該。」

「安達妳不會嗎？」

大概辦不到──我這麼心想，並和她一樣撥開頭髮，露出耳朵。該怎麼讓耳朵用力？集中在後腦勺的注意力跟力量完全沒有傳遞到耳朵上。我用力想動耳朵，換來的只有讓臉頰變熱。

「哦哦～」島村咬著甜甜圈，在一旁觀察我。

「嗯，畢竟偶爾也得換我贏過安達嘛。」

島村享受著勝利的滋味跟甜甜圈的甜味，露出滿足的笑容。

偶爾……我至今有在哪些事情上贏過她？……桌球？

我記得在體育館打桌球的時候贏了不少次。但總覺得除了桌球以外……很多事情全是我不如島村。應該光是我一天有大半時間都在想著島村，就已經徹底輸給她了吧？

「我們離題了。」

「嗯。」

「那，安達妳說要活下去的話，我怎麼樣？」

島村一手拿著吃到一半的甜甜圈，拉回正題。我甩不開她的追問。

雖然跟島村有關的任何事情我都不打算逃避就是了。

我吸一口甜美明亮的空氣，讓它從咬緊的門牙縫隙間通過。

「我是說喜……喜歡妳……」

「啊，那我好像有聽到。抱歉喔。」

看島村笑嘻嘻的模樣，我感覺到自己嚙起了下唇。

「妳果然很壞。」

「嘿嘿嘿。」

她用笑聲敷衍我的指控。那不經意顯露稚嫩的笑聲，會害我差點就被敷衍過去。這種時候的島村狡猾到不行。為什麼會這樣？是因為我會感覺好像窺探到平常不允許人踏入心房的島村的核心，才會深受她吸引嗎？

「不過，這種事情久而久之也會習慣。」

島村四處張望，發出小小笑聲。

「喜歡是吧。嗯、嗯。」

「妳……妳點頭是什麼意思？」

「沒什麼，只是就算是我，也不會質疑安達對我的愛。」

我感覺到血液在翻騰。

「該怎麼形容……妳有種把很漂亮，又很圓的某種紅色的東西顯露在外的感覺。」

「紅色……」

難不成我每次都有流血嗎？

說不定真的有。

我老是覺得自己的靈魂總是一如血液般外流，攪亂我的心思。

可是——

「可是島村沒有我，應該也能過得很好……我會沉下去……」

「沉下去？」

我只能這樣形容我的感受。這感覺就好像自己轉著圈，漸漸沉入海底。大概是因為對我來說，島村就是我的全世界吧。

若跟島村之間產生明確的隔閡，那我就只能接受下沉的命運。

我無法在極為平坦的大地上生存。

「嗯。」

島村感覺沒有多想什麼，只是先附和我。不過她馬上就接著說下去。

「可能真的就像妳說的那樣。」

她沒有隨便吐出安慰的話語，而是用真心話回應我。

「我以前有很多交情還不錯的朋友，到了現在幾乎沒有再見上面，可是也完全不影響我的生活。說不定有一天我跟安達也會變成那樣。」

島村緩緩舉起現在沒有牽著我的那隻右手。

指尖緩緩抓住空無一物的地方，再稍微張開。

但是又迅速用力握起拳頭。

「所以，我得盡全力避免對方離開……對，我得努力逼自己不會嫌麻煩才行。」

「嫌麻煩——」

「嗯。比如對一個人有什麼想法，或想跟一個人保持什麼樣的關係……我得要努力不在這些事情上打馬虎眼，努力不迷失方向。一旦習慣用那種態度去面對，真的就會習慣成自然，

變得無法察覺彼此之間的感情正在淡化。」

島村說，那會讓人感到無比寂寞。

她露出少許笑容，而且已經看得見她的寂寞。

想必是正在回想實際得到那種結果的往事。

我看著這樣的島村，心想——

我不希望她回憶起我的時候也是這樣的心情。我絕對不要落得那種下場。

所以，我要把握當下。

這份想法促使我做出行動。我總是如此，未來肯定也會繼續衝刺下去。

島村跟我之間存在著這樣的動力。

我牽起島村的手。將她的雙手緊緊握住。

島村一開始先是訝異得睜大眼睛。接著就一副很受不了我似的笑了出來。

那是她平常顯露的微笑，會感覺她變得比我年長，甚至誤以為我們的身高對調。

「那個，這樣牽成一圈很不方便耶。」

什麼都不能做——島村上下搖晃我們的手臂。雖然我自己是只要能面對面和她眼神相對就心滿意足了，但確實沒辦法做其他事情。

我總感覺自己又做錯了什麼。

可是沒有做出行動的話，我甚至不會知道島村的手有點冰……所以，我決定認為自己採取的行動是對的。

「總……總之我先試著做了點……現在做得到的事情。」

現在做現在做得到的事情，晚點做晚點做得到的事情。光是這樣就讓我沒有多餘心力注意其他事。

我覺得做了某些事情能換來明天，就已經謝天謝地了。

換來與島村共度的明天。

「……安達真的有種活在當下的感覺耶。」

「會……會嗎？有嗎？」

我的人生態度有她說得那麼瀟灑嗎？

不過的確，我大概欠缺了所謂的「回憶」。而我只有現在才有島村的陪伴。至少此時此刻是如此。

我還清楚記得一年前的事情，而且彷彿歷歷在目。所以那並不算是往事。

未來會有能跟島村一起回味往事的時刻到來嗎？

「妳這種不考慮當下以外的態度——」

島村話說到一半。但說到這裡，她先是閉上了眼睛。

「我本來想說我不討厭，不過……嗯，問題大概也是出在這邊。」

看來是回想起某些事情的島村細聲說完，就直視我的雙眼，面對面，直截了當地——

「我喜歡妳喔，安達。」

對我這麼說。

哈哈——島村明顯害羞起來，視線撇向一旁。

比起言語，我的目光……我的心更為島村的反應著迷到差點出神。

「啊。」

忽然回神的島村驚訝得睜大雙眼。

「妳變成安達櫻的表情了。」

「咦，那是什麼表情？」

聽不懂的我問她是什麼意思，接著島村就把放開的手伸向我。

島村的手指，已經熱得足夠讓我融化了。

「妳的耳朵——」

島村捏起我的耳朵，然後戳我的臉頰。

「和這裡變成跟櫻花一樣的顏色。」

島村露出牙齒，臉上浮現看起來打心底感到開心的——

一道燦笑。

被這麼說的我，心裡肯定會掀起一陣櫻花飛舞的風暴。

附錄「安達與島村與聖誕節」

「耶～要不要來 date 啊？」

『啊？』

「那我們來開 party 吧。」

『妳覺得自己是腦袋還是日文表達有問題？』

「哎呀，真失禮。」

我稍做思考。

「真要說的話，應該是日文有問題吧。」

『哦，是喔。』

「雖然 date 跟 party 都是英文啦。」

『煩耶。』

因為她的反應跟我女兒一樣，害我忍不住笑出來。

暖氣的熱風吹在我伸直的腳上，刺刺癢癢的，於是我在打電話的同時也抓了抓發癢的地方。

『是說，我完全不知道妳到底要跟我說什麼。』

「啊～我家每年聖誕節都會吃得比較豪華一點。」

『喔，是喔，那很好啊。』

「所以我想問妳要不要也來我家吃一頓。」

『啊？』

「當然，這頓豪華晚餐會是我親手煮的喔。」

很厲害吧？我向她炫耀。老公跟女兒們都不太說我厲不厲害，所以我決定和她講明白，想爭取她的大力讚賞。

雖然我完全忘記要跟抱月講安達妹妹的媽媽的事情，但反正今天順便講一講就好了吧。

倒是我在期待安達妹妹的媽媽說我好厲害的時候，她的語調又更低沉了。

『妳啊……』

「我啊？」

『真的是個笨蛋。』

「是嗎？」

『妳為什麼覺得我敢闖進別人家的聖誕派對？』

「這在美國很普通啦，很普通。」

其實我也不知道美國當地是怎樣啦。可是我對美國的印象只有鮑伯跟約翰會辦很 high 的派對的感覺。

「而且，妳並不孤單喔。」

『我不需要妳陪。』

被猜中我要說什麼了。

「不是我喔。」

『不是妳的話確實是比較好，但也沒別人了吧？』

「安達妹妹。」

我一說出她的名字——雖然不是她的名字啦，總之安達妹妹的媽媽就陷入沉默。呼吸不知道有沒有跟著停下來？

我打算等她主動開口回應，伸了個大懶腰。我不小心發出一陣陣怪聲，想必她應該也聽到了。

『妳是什麼意思？』

「我女兒現在正跟妳家千金一起在外面玩。」

『喔，這個喔……我知道。』

「之後她會跟我女兒一起回來我家吃飯……應該吧。」

『應該？』

「雖然不是百分百確定，但我猜應該會來。」

我女兒約人的手法還滿高超的。不如說，是沒特別做什麼，也會約得成。她或許有容易得到他人好感的特質，明明平常就一臉呆樣。

……除了呆呆的這一點都跟媽媽我很像呢。呆呆的部分就推給老公吧。

『既然我女兒也在，那我就更不想去了。』

「為什麼～？」

『……妳是察覺不到別人有什麼隱情嗎？』

「喔，妳們好像感情不好是嗎？那就藉這個機會培養感情就好啦。」

我抓住跑過我眼前，想要闖進廚房的一個發光的小傢伙的脖子。

「喔哇～」

『……妳啊……』

我聽到很大一聲嘆息。

「安達妹妹來我們家可能會覺得不自在，所以當媽媽的也陪她來坐坐吧。」

『就算有我陪著，也幫不了櫻……』

「咦？妳不幫她嗎？妳是壞人？」

『妳的判斷太兩極了啦。我不是那個意思——雖然我一點也不想跟妳談這件事情。』

「妳可以硬逼自己笑著牽起她的手一次試試看。妳得要習慣露出笑容才行。」

『辦不到。』

「我不就說是硬逼自己了嗎！」

嘗試過一次以後，就不會覺得自己辦不到了，所以我逼她一定要試試看。

「跟女兒一起過聖誕節有什麼關係。這可是再正當不過的一件事了。」

不過安達妹妹跟她媽媽兩個人獨處肯定會讓氣氛變得沉悶。

「所以我來當幫妳們增進感情的潤滑油啊。」

『…………』

「好厲害～好體貼～腦袋好靈光喔～」

『自己稱讚自己好玩嗎？』

「還滿好玩的。妳要不要試試看？」

還可以一下子就讓自己的心情變得積極正面。

「而且，就算最後什麼事情都沒發生也沒關係啊。只要能成為回憶就好。」

只要能在未來——經過了長久的一段時間之後。不經意回想起曾經有過這段時光就夠了。

想必這才是最重要的。

『……妳絕對不是很熱心，也不是多管閒事，只是單純很任性而已吧？』

「嗯～不知道耶～」

我確實不是想熱心幫助她們才提議一起來參加派對。只是覺得有趣的人多一點，一定會讓派對變得很有趣。

我是基於這樣的想法在行動。

「妳也可以帶妳老公過來喔。」

說完，我才想到餐桌不知道擠不擠得下這麼多人。

畢竟還有這傢伙在——我左右搖晃手上抓著的小鬼頭。她本人似乎覺得被懸在空中也很好玩。

『我沒有丈夫。』

「啊，是喔？抱歉。」

『沒關係……我說，我真的要去嗎？』

「妳問我，我也不知道該怎麼回答妳啊～」

『拒絕妳也很麻煩，所以妳來幫我決定要不要去……不對，我是真的已經懶得再多想什麼了。』

「來吧～！」

我說著「嘿～！」要她大方過來。發光的小傢伙大概不懂我在做什麼，但還是學我「嘿～！」了一下。

『唉……我去就是了。』

「既然要來，妳就來得甘願一點嘛，一定會玩得很開心的啦。主要是我會開心。」

『感覺妳就算自己一個人也是做什麼都會很開心。』

「才沒那回事，我應該算滿怕寂寞的。」
『喔，是喔。』
「所以妳要來喲。我們大概七點開動。」
『好啦好啦……』
我說完想說的事情，準備掛斷電話的時候，又再次聽見另一頭傳來一聲嘆氣。
「哎呀，怎麼了嗎？」
『我正在後悔為什麼要把電話號碼告訴妳。』
「耶～妳就後悔得過癮一點吧。」
我「哈哈哈哈哈」地大笑，電話就被掛斷了。啊～聊得好開心。
她冷淡的方式跟安達妹妹又不太一樣，好好玩。
「啊，島村小姐差不多要回來了～」
仍然被我抓在手上的小傢伙說著這番話，轉頭面向玄關。
「咦～是嗎？」
「我聞到甜甜圈的香味了。」
「嗯……完全不懂妳是怎麼知道的。」
雖然不懂，但也有些東西是要從別人的角度來看，才會看得見。
就像我跟安達妹妹的媽媽對一件事情有完全不同的感受，可以藉此得到不同的見解。

正是因為不懂，才需要他人的存在。

所以，我就這麼抓著小傢伙，一起前往玄關。

「喔。」

叩叩——我聽到跟平常一樣通知自己回家的敲門聲。

想必她身旁，一定也站著總是跟她在一起的那道身影。

「媽咪小姐是聖誕老人嗎？」

「嗯？」

「妳把安達媽咪小姐送給了安達小姐。」

發光的小傢伙不斷亂動，對我這麼說。

「唔～原來如此。」

經她這麼一說，就覺得聽起來還滿棒的嘛。

「妳偶爾也會說些不錯的話呢，吃白飯的。」

「因為我是超級大好人。」

我準備好驚喜禮物，迎接她們返家。

「歡迎回來，我的女兒們。」

因為分開講很麻煩，我就當作兩邊都是我的女兒了。

第五章「因為是難以割捨的關係」

「呃，我……」

「妳就當我女兒有什麼不好呢。」

出來迎接我們的母親突然連安達都當成自己女兒了。先不說我，安達倒是很不知所措。

我一邊脫下鞋子，一邊想著手上殘留著一直到剛才都還跟安達牽著手的餘溫。

「妳也不介意吧？」

「咦～？很難說耶。」

我隨便回答她。如果安達成為島村家的小孩……會變成什麼樣子？總之先解除我們互為女朋友的關係……就好了嗎？還是維持原樣？感覺維持原樣也不會有什麼問題。雖然是姊妹又是女朋友會有點複雜，但也有種事到如今才在意這個也沒意義的感覺。

只是我無法想像跟安達變成姊妹之後，是否還能繼續這麼要好。感覺我們兩個都會縮回自己的巢穴。唯一知道的，就是我會變成姊姊，安達是妹妹。

「我也會讓妳當我女兒，別介意嘛。」

「我本來就是了好嗎？」

「討厭～這人家知道啦～」

母親用指甲推我的背後。今天回來多了三成。

「妳今天的煩燥度比平常還多三成。」

「哎喲～妳說這什麼話呢。」

妳說是不是？——母親向抓在手上的社妹尋求同意。在空中的社妹不斷揮舞手腳，眼睛死盯著裝甜甜圈的袋子。這傢伙在想什麼真容易看出來。

「那個，打擾了。」

安達脫下鞋子整齊放好，畏畏縮縮地低頭打招呼。

不曉得是不是因為前面先上演了一段莫名奇妙的鬧劇，她這聲問候反而有些唐突。

「好，歡迎妳來。別客氣，玩得開心點喔。」

母親對安達說出對她來說很困難的一件事。之後，母親注意到了安達的打扮。

「哎呀，妳這件衣服真漂亮。」

「啊，這是……呃，我想說穿這樣，島村可能會比較開心……」

慌張的安達順口說出很有問題的一句話。我突然被波及了。

母親毫不留情的視線對準了我。

「哦～原來妳有這種興趣啊。」

「什麼興趣——」

「我也很喜歡喔，安達妹妹！」

母親說著「耶～」，豪邁地比起大拇指。安達似乎不知道該怎麼回應，將視線投向我這裡。我也不知道該怎麼辦啊。因為不知道怎麼反應，我決定學她。

「耶～」

我對安達豎起拇指。在拇指環繞之下，安達被弄得更混亂了。安達一步步後退，母女倆加一隻則是一步步逼近她。安達被逼到牆邊，但我也沒有要做什麼。正當我在煩惱接下來該怎麼辦，連豎起的拇指都開始不知所措的時候。

「我去準備晚餐。」

母親隨手拋下社妹，前往廚房。她好像膩了。被丟到一邊的社妹俐落著地，開始在甜甜圈的袋子旁邊徘徊。這隻獅子的一舉一動真像貓咪。我躲開感覺隨時會撲過來搶走甜甜圈的小獅子的時候，看到有個從走廊最裡面觀望著我們的人影，便對她招招手。嬌小的她雖然有些遲疑，還是走了過來。

安達表現出跟面對母親的時候不一樣的驚嚇。

「妳……妳好。」

安達有些困惑地對我妹打招呼。我妹面對家人以外的人會很怕生，她掛起乖寶寶的面具，小聲回應一句「妳好」。

「妳好啊～」

而附帶的這一隻無論何時都很悠哉，不管對方是誰，都不會改變她的態度。然後她的視線又飄向了我帶回來的袋子上。我把袋子拿到右邊，她就往右走；拿到左邊，就跟著往左邊

走。

「來啊來啊～」

我覺得有點好玩，就引她左右彈跳。她每次跟著袋子跳動，頭上隨之飛舞的蝴蝶也飄出類似鱗粉的東西，畫出移動的軌跡。雖然很漂亮，但感覺她會跳個沒完沒了，於是我決定不再捉弄下去，把袋子交給她。

「好耶～」

「裡面也有我妹的，妳們要分著吃喔。」

「好好好～」

社妹高舉袋子，快步跑走。我妹輪流看向我跟安達，雖然有些猶豫，也還是去找社妹了。目送她們離開之後，我感覺氣氛總算沉靜下來，便吐了口氣。走廊上的空氣一反剛才的吵鬧，極為冰冷，壓抑了喉嚨的發聲。

「呃，抱歉，我家就是這樣吵吵鬧鬧的。」

「沒……沒關係。」

安達家應該聽不到這麼多腳步聲吧。

我知道我家的氣氛會讓安達不自在，卻還是邀她過來，其實有點過意不去。

但是安達的願望不是我的全世界。我有屬於我自己的世界。

我的世界需要安達，也需要其他人。

我往廚房裡看，發現母親準備的各種料理已經擺滿了餐桌。全是小孩子跟母親自己喜歡的料理。

「小社，點心要吃完飯再吃喔。」

「要吃完飯才能吃嗎？」

「不然會吃不下飯……雖然小社應該還是會吃光光。」

這下可傷腦筋了——擺起姊姊架子的我妹有點好笑。她們兩個坐在一起。我跟安達一定也會坐在彼此旁邊。安達坐到左邊的空椅上，我則是坐上右邊的椅子。

我在教育旅行的時候學到我們要是反過來坐，吃飯會撞到彼此的手。

一坐下來，就有一陣香氣瞬間撲鼻而來。接著，我感覺到暖氣產生的熱氣包覆了我的鼻子。

「……奇怪？」

數過今天一起吃飯的人數，就發現多了一張椅子。是要給誰坐的？——在我這麼問之前，父親到場了。

「喔喔，這裡都是女生，爸爸我有些尷尬呢。」

哈哈哈——父親一手拿著空杯子，困擾笑道。

「那麼，我來當爹地先生的朋友吧。」

社妹舉起手。她另一隻手已經握著塑膠叉子了。

「哎呀～妳真是個好孩子。」

「因為我是超級大好人。」

「……是說，妳是誰家的小孩？感覺妳總是待在我們家。」

「我是從隔壁來的。」

那什麼感覺就不會有人相信的設定？

「隔壁？隔壁啊，唔～隔壁……隔壁？嗯，就隔壁啦。」

看父親這樣就相信了，讓我莫名感覺到類似血脈傳承之類的概念。

「那個，打擾了。」

安達抓準時機，簡短地打了聲招呼。這應該是她第一次跟我父親講上話吧？父親用一如往常的溫和語調和態度回答她「嗯」。

「妳是抱月的朋友嗎？」

「呃，對。」

安達講得不太流暢，但還是明確表示肯定。要是她訂正說是女朋友，這個開心的聖誕節會變成什麼樣子呢？說不定大家會一邊吃著炸雞，一邊展開家庭會議。

「嗯？哎呀……原來如此，是以前在外面遇見的女生啊。」

他似乎看到旗袍就想起來曾見過安達了。安達點點頭，接著父親先是「唔～」了一聲。

「年輕真好啊。行為舉止都不會被常識侷限住。」

他用非常正向的解釋來看待安達的裝扮。

「我也會被人說行為舉止很奇怪，所以我可以當作你是說我很年輕的意思嗎？」

「咦，嗯。」

被母親這麼問的父親隨口附和，語氣空虛得感覺可以當某種教材的範例。

「嗯，很奇怪呢……的確很奇怪。」

父親小聲補上的這一句，顯現出了各式各樣的感情。而且沒有人特地幫母親護航。

「這種時候啊～你至少也該用豪邁之類的詞來形容，會比較……」

母親說到一半，就聽見響起的門鈴通知有訪客到來。是快遞嗎？當我順著聲音的方向看往天花板時——

「喔，來了來了。」

「什麼東西來了？」

「跟妳一樣。」

母親高高興興地離開座位。

「是我的朋友來了。」

「咦，是誰？」

我用眼神詢問父親來訪的是誰。但父親像是在表達「我也不知道」一樣，雙眼盯著母親。

母親確實朋友很多，可是連身為家人的我們都不知道有可能是誰會被特地找來加入我們家的

聖誕派對。

母親笑著說「等一下就知道了」，非常雀躍地往玄關跑去。然後——

「我們的特別嘉賓到場了～」

「咦……」

不曉得這聲訝異是來自我，還是安達。

我家母親大人帶來的，是安達的母親。她緊抓著安達母親的手臂，看起來就像是硬拉著不情願的人進來。安達母親皺著眉頭，一看到安達，又更加面露難色。而不曉得是不是她出現得太出乎意料，安達還沒能正常反應。

「這……這是什麼狀況？」

我代替僵直不動的安達詢問。

「就說是我的朋友啊。」

「妳們什麼時候變成朋友的？」

「昨天。」

妳坐這邊——母親要安達母親坐在自己旁邊。安達母親小聲說著「至少讓我把大衣脫掉」。

「啊，還是坐安達妹妹旁邊比較好？」

「咦。」

這次很明顯是安達的聲音。她聲音飄得很高，似乎是承受不住眼前的事實。

安達母親的凝視彷彿連安達發出的聲響都不放過，視線當中不存在任何光輝。

她摺起脫下的大衣，吐出一小口嘆息。

「這就……不用了。」

「是嗎？嗯，那妳坐對面也好。」

快點快點——母親拍打著椅背，像小孩子一樣敦促她。安達母親閉起眼睛，臉上浮現懊惱神情。她嘴上說著「妳好煩」，卻也乖乖坐上母親指定的位子。

我們兩個的母親隔著餐桌，坐在我們對面。

這情況實在太荒唐了。

我大概猜得到她們是怎麼認識的。應該是在運動健身房。雖然不知道過程，但看來她們是當上朋友了。我一直到剛剛才知道。安達的母親對我父親稍微打過招呼。

「不好意思，打擾了。」

「啊～不會不會。呃，妳是她的媽媽嗎？」

父親看著安達，向安達母親確認。大概是母女倆散發的氛圍跟長相都很相像，很好辨認。

「對。」安達母親只有簡短回應。而安達則是整個人畏縮了起來。

也是平常那個很像小狗的安達。

「我們去的是同個健身房。她叫作——呃～是叫櫻嗎？」

「那是我女兒。」

是她——安達母親指向自己的女兒。安達低下頭，不跟自己的母親有眼神交集。

「對耶。呃～那叫妳安達妹妹的媽媽。」

「妳真是夠了。」

她很文雅地表達「吵死了給我閉嘴」。當然，我母親不會這麼輕易就乖乖閉上嘴。

先不管這個，我跟安達母親對上了眼。不知道是不是因為房間很暖，我誤以為自己看到了三溫暖的牆壁。

「好久不見。」

「妳好。」

我尷尬地向她打招呼。沒想到會是用這種方式遇見她。

在一旁觀看我們對話的安達，用視線詢問我是怎麼一回事。

「我們之前有稍微見過面。」

「沒什麼。」

我們兩個都含糊帶過這個話題，反而變得很像藉口。實際上也真的沒什麼大不了的，但可以看到仍然感到納悶的安達眼神飄移不定。

「我下次再跟妳說。」

雖然沒什麼好說的，我還是先跟她說好以後再談。

可是我也很難解釋，畢竟我們只是有些意氣用事，就一起進去三溫暖而已。
「我不算特別嘉賓嗎？」
「因為小社妳每天都在我們家啊。」
「說得也是耶。」
哇哈哈哈——小不點們聊得很開心。父親也用溫馨的眼光看著她們。如果忘記其中一個是疑似外星人的不明生物，確實是很治癒人心的光景。
「妳吃吃看這個，這可是我煮的喔。」
母親要安達的母親品嚐各種料理。安達母親側眼看著母親，似乎想說些什麼，卻也說著「那我就吃吃看吧」，接受母親的好意。安達的母親跟她女兒一樣是用左手拿筷子。而且她們坐的位置導致她常常撞到母親的手肘。母親看起來連會撞到手都覺得好玩。我母親的個性本來就很活潑，但今天看起來比平常還要誇張。難道是她很中意安達的母親嗎？安達母親雖然態度一直都很冷淡，卻也願意跟母親交流，沒有特別排斥……交流——交往……會不會不只是朋友，而是女友？我腦海浮現這樣的小玩笑，哈哈哈不可能吧——我稍稍笑了出來，往隔壁的安達看了一眼。哈哈哈。仔細想想，她們兩個的女兒現在就是打破了那個不可能，跟彼此交往……哈哈哈。
再探討下去很可怕，我決定不深入去想這件事情。
「味道好重。」

這是她吃下母親的料理之後的第一句感想。

「這味道就像妳的個性一樣。」

「會滋潤妳的味蕾對吧？」

「會口渴。」

「來，給妳一杯水。」

「……………………唉。」

不曉得是不是放棄跟任何諷刺都不管用的母親交鋒，安達母親拿起放在椅子旁邊的東西。

「我想說空手過來也怪不好意思的，就還是帶了點伴手禮過來。」

「什麼嘛，妳人比我想像得還要好耶。」

哈哈哈——母親開朗地拍打安達母親的肩膀。安達母親皺眉的模樣，表現出了許多情緒。

「妳帶了什麼過來？北京烤鴨嗎？」

「妳是白痴嗎……啊，妳老公也在……」

安達母親隨口飆出一句不客氣的謾罵，讓她自己一時語塞。然後偷偷瞄了父親一眼。

正在小心拆下蛋糕包裝紙的父親注意到她的視線，笑說「喔喔」。

「沒關係啦，畢竟那幾乎等於事實。」

「你好過分。北京烤鴨很好吃不是嗎？」

「重點錯了。」

「雖然我沒吃過。」

「妳喔……」

安達母親長嘆一口氣，手扶著額頭。我是不知道她們當事人怎麼想，但看在他人眼裡確實像極了朋友。我母親大概是因為她很會裝熟的個性，很擅長建立交友關係。雖然與其說是擅長交朋友，不如說她很擅長用不一定有足夠合理性的手段強行讓人跟她有交流。父親以前就曾說母親很會吸引大家對她抱有好感。

「那，妳帶了什麼過來？」

「酒跟一些糕點。」

「什麼嘛。」

母親瞬間失去興致。

「我完全喝不了酒。」

喝不了喝不了——母親左右揮手否定。這麼說來，我的確沒看她在家裡喝過酒。父親則是偶爾會開別人送的罐裝啤酒來喝。我會有辦法喝酒嗎？

雖然不太情願，但我似乎比較像母親。

「反正啊～我平常的言行舉止就會被人說是不是喝醉了～」

嘿哈哈哈——母親開懷大笑。我居然是像這種人嗎？我感覺臉部肌肉快要抽搐起來。

安達的話，既然她母親是會帶酒來的人，那她說不定也喝得了酒。

當然，只是假不良少女的我們不可能嘗試過喝酒。

現在想想，我們的不良少女成分也只有蹺課這一點。

不過這確確實實是壞學生的行為，請不要這麼做。

「來，妳也找些話題讓妳女兒參與啊。」

母親再次糾纏安達的母親。她的語氣很強硬，有種抓著別人肩膀的壓迫感。

安達猶如遭到這股壓迫感波及，肩膀抖了一下。

「這我……」

「先別管那麼多，嗯？」

這次換以溫和的言語包覆意圖，溫柔催促她。她拿捏語氣強弱的高超技巧，會不會就是她容易吸引大家好感的主因？安達母親支支吾吾地反駁母親，卻因為講不過她而閉上嘴巴的表情，簡直跟安達一模一樣。

安達母親把筷子跟盤子放回桌上，看往坐在自己正對面的女兒。她的眼角正在顫抖。

另一方面，安達則是忽然挺直背脊，坐姿端正得彷彿肩膀變成了方塊。

兩邊的動作都相當僵硬，看起來很像在面試。

「那個，呃……」

不知道該說什麼的安達母親說不出話，刻意咳了一聲。然後對自己說：「咦，是怎樣？」

她似乎完全想不到要怎麼對安達開口。

「要我幫妳打草稿嗎？」

「吵死了。」

安達母親摀住母親的嘴巴。被摀住嘴巴的母親用眼神對我示意。她這道視線大概是要我助安達一臂之力。是要我怎麼幫她？

我覺得安達大概想不到什麼跟她母親聊的話題，硬逼她對話又會變得很麻煩，也有種不應該由我來插手的感覺。

所以，現在還是相信大人比較快。

「等她開口吧。」

我在餐桌下牽起安達的手，只對她說出這句話。

安達加強指尖的力道，回應我的答案。

接著，仍然摀著母親嘴巴的安達母親稍稍低下了頭。

「妳冬天應該要穿得更暖一點。」

她絞盡腦汁想出來的，既不是溫馨的舉動，也不是溫柔的愛。

是極為笨拙的擔心。

「嗯。」

安達也只有如此簡短的回應。她緊緊握住我的手，奮力擠出這句話。

就結果而言，這對母女今天只有說上這兩句話。

不過母親似乎很滿意能聽到她們這段短短的交集，笑得很開心。

那我呢？我輕摸自己的臉頰。我隱約知道自己現在是什麼樣的表情。

我看向到目前為止幾乎沒有說話的安達的臉。安達直直盯著自己母親被別人糾纏著的模樣。我心想安達很難得不是看著我，同時也對自認安達總是看著自己的這份認知感到有些難為情，隨後我的目光深受眼前少見的景象吸引，就這麼持續凝視著安達。

安達困惑卻又帶有熱度的眼瞳，散發出前所未有的燦爛光芒，非常美麗。

「安達，妳有覺得開心嗎？」

我抓準喧鬧間的空隙，悄聲詢問。

「沒有，不怎麼開心。」

安達吐出毫不婉轉的真實感想。

不過——

「不開心。」

卻也輕輕吐露出比平時還要溫暖少許的聲音。

後記

夫禍之與福兮，何異糾纆。

入間人間

終將成為妳 關於佐伯沙彌香 1~3（完）

Kadokawa Fantastic Novels

作者：入間人間　插畫：仲谷 鳰

睽違了多年的「相遇」——
沙彌香的戀愛故事完結篇。

小一歲的學妹枝元陽愛慕升上大學二年級的沙彌香。儘管沙彌香一開始警戒著積極地表達好意到甚至令人無法直視的陽，最終仍有如回應她的好意那般，開始摸索戀愛的形式，下定決心，要試著碰觸那星星看看……

各 **NT$200/HK$67**

魔法科高中的劣等生 1~31 待續

Kadokawa Fantastic Novels

作者：佐島 勤　插畫：石田可奈

包括USNA、新蘇聯及另一名戰略級魔法師等國內外的各方勢力都想除掉達也!?

奪回水波之後，達也與深雪逐漸回到以往的日常生活。然而艾德華・克拉克在USNA的立場面臨危機，要避免這個結果只能除掉達也。此外，新蘇聯的貝佐布拉佐夫也在尋找復仇的機會。而另一名戰略級魔法師也鎖定達也！各自的想法在巳燒島交錯——

各 **NT$180~280/HK$50~80**

豬肝記得煮熟再吃 1 待續

Kadokawa Fantastic Novels

作者：逆井卓馬　插畫：遠坂あさぎ

生吃豬肝結果變成豬!!!???
轉生成豬與美少女打情罵俏（!?）的奇幻故事

被純真美少女照顧的生活。嗯～當一隻豬也不壞嘛。但少女似乎背負著隨時會遭人殺害的危險宿命。很好，雖然不會魔法和任何技能，但就由我來拯救潔絲。同生共死的我們即將展開一場嘎嘎嘎的大冒險！

NT$220/HK$73

打工吧！魔王大人 1~21（完）

Kadokawa Fantastic Novels

作者：和ヶ原聡司　插畫：029

日本2021年宣布製作第二季電視動畫！
打工魔王的庶民派奇幻故事大結局!!

魔王與勇者一行人前往天界挑戰神明的滅神之戰最後將會如何發展!?勇敢追愛的千穗可否獲得幸福!?優柔寡斷的真奧到底情歸何處!?這群來自異世界的人能否繼續在日本安身立命過著安穩的生活呢!?平民風格的奇幻故事，將迎來感動的結局！

各 **NT$200~300／HK$55~100**

國家圖書館出版品預行編目資料

安達與島村 / 入間人間作；蒼貓譯. -- 初版. --
臺北市：臺灣角川股份有限公司, 2021.08-
　冊；　公分. -- (Kadokawa fantastic novels)
譯自：安達としまむら
ISBN 978-986-524-717-1(第9冊：平裝)

861.57　　　　　　　　　　　　110011008

Kadokawa
Fantastic
Novels

安達與島村 9

（原著名：安達としまむら 9）

2021年8月25日 初版第1刷發行
2024年5月27日 初版第3刷發行

作　　者：入間人間
角色原案：のん
日版設計：鎌部善彦
譯　　者：蒼貓

發 行 人：台灣角川股份有限公司
總　　監：呂慧君
總 編 輯：蔡佩芬
主　　編：林秀儒
編　　輯：黎夢萍
設計指導：陳晞叡
美術設計：黃永漢
印　　務：李明修（主任）、張加恩（主任）、張凱棋、潘尚琪

發 行 所：台灣角川股份有限公司
地　　址：104台北市中山區松江路223號3樓
電　　話：（02）2515-3000
傳　　真：（02）2515-0033
網　　址：www.kadokawa.com.tw
劃撥帳戶：台灣角川股份有限公司
劃撥帳號：19487412
法律顧問：有澤法律事務所
製　　版：巨茂科技印刷有限公司
ＩＳＢＮ：978-986-524-717-1

ADACHI TO SHIMAMURA Vol.9
©Hitoma Iruma 2020
Edited by 電撃文庫
First published in Japan in 2020 by KADOKAWA CORPORATION,Tokyo.
Complex Chinese translation rights arranged with KADOKAWA CORPORATION,Tokyo.